愛されない花嫁は初夜を一人で過ごす

バジル
アルビナの夫、公爵家の後継。
学園で見かけたアルビナを
結婚相手にと望んだが、
エリシラに惚れてしまい、
浮気関係となる。
アルビナ
夫と妹に裏切られた、
不遇な主人公。
お飾り妻を完璧にこなし
バジルを支えるが、
とあることをきっかけに
復讐を決意して――!?

ランディ
エリシラの恋人、侯爵令息。
アルビナの復讐の協力者。
ロスルド
侯爵。誠実で愛情深く、
決して自分の意思を
曲げない芯の強い性格。
エリシラ
アルビナの妹、ランディの恋人。
心ではアルビナを
見下していて、自分から
バジルを誘って関係を持った。
CHARACTERS

第一章　裏切りには復讐《ふくしゅう》を

「今、なんとおっしゃいました……？」

結婚式の夜。つまりは初夜。

聞き間違いだろうか？　いや、そうであってほしい。そう切に願いながら。

私――アルビナは震えそうになる声を必死で押し殺して、愛しい旦那様となったバジル・エルディア公爵に問うた。

いつもはひとつにまとめている黒く長い髪をそのまま流したバジル様は、肩にかかるのがうっとうしいのか気だるげに払う。鋭くも美しい黒瞳をギラリと光らせ、端整な顔立ちは今、とても不快そうに歪《ゆが》んでいる。

そしてバジル様は低く冷たい声で、冷淡に……冷酷に言ったのだ。

「何度も言わせるな。俺はお前を妻と思わないいし、愛することもない。だからお前を抱くつもりはない。これからも未来永劫《みらいえいごう》そのような日は来ない。そう言ったのだ。理解したか、アルビナ？」

最後に私の名前を呼んで、しかと私の目を見据えてそう言ったバジル様は、寝台の上で呆然と座り込む私を尻目に部屋を出ていった。

私の肩から茶金の髪がサラリと流れ落ちた。輝くような金髪ならばよかったのに、と何度思ったかわからない半端に濁った髪は、けれど侍女たちの手によって美しく整えられている。

初夜のため、当然そういう行為があると侍女が用意してくれた夜着。それは真っ白で薄い下着のようなもの。裾《すそ》はヒラヒラとしてレースがあしらわれている。肩紐はとても細い。

ズル……と肩紐がずれるのを気にする余裕もなく。

私は一人残された大きな寝台の上で放心状態のまま、日が昇るまでただただ座り続けたのだった。

＊＊＊

バジル様の存在は知っていた。貴族が通う学園で、彼の噂をたびたび耳にしたのだ。

エルディア公爵家の後継であり、成績優秀で非常に有能。学生時代からすでに父上の片腕として働いておられ、立派に功績を残されている優秀な方。領民からも慕われており、将来は王の片腕となるであろうと言われるほどの逸材。

それが私の知るバジル様だった。

対して私はと言えば、一応侯爵家の娘ではあるものの、家族の中ではミソッカスのような存在だった。

いいえ、家族はたしかに愛してくれた。疑いようもないくらいに愛情を注いでくれた。

けれど両親も、兄も姉も妹も。誰も彼もが私以外はみんな、眉目秀麗《びもくしゅうれい》・頭脳明晰《ずのうめいせき》であったのだ。

家族全員が紫紺の髪と瞳を持つ中で、私一人だけがその色をもたない。輝くような美しさを持つ家族に対し、私だけが平凡でパッとしない容姿。だけど頭脳も冴えない私を馬鹿にするような人は、家族の中にはいなかった。

あくまで家族の中には、の話だが。

家族以外の人間は、そのように私を甘やかすことはしない。いつだって蔑《さげす》みの言葉や噂話が私の耳に届いた。

――あのように立派で美しく優秀な家系から、どうしてあんな出来損ないが生まれたのか。

貴族からはもちろんのこと、使用人すらそう噂した。その言葉を聞いて、負けるかと奮起して――結局その努力は実を結ばず、涙したことはいったい何度あっただろうか。数えきれない。

そんな私に、バジル様との縁談話が来たときには心底驚いた。

どうしてと。なぜ私なのかと。家柄がちょうどよいと言うのなら、姉や妹がいるではないかと思った。

バジル様は私と同い年なので、姉は年上になる。それに姉には想い合っている結婚間近の婚約者がいた。

また、私よりみっつ下の妹は年齢としてはちょうどいいが、父の親友である侯爵の令息と恋仲になっていたのだ。幼くも可愛らしい恋を邪魔することを、両親はしなかった。となれば。

婚約者がいない私に白羽の矢が立つのは、仕方ないのかもしれない。我が侯爵家の娘三人の中では、たしかに私しかいなかったのだ。

しかし貴族全体で見れば、それこそ山のように条件のよい令嬢がいただろう。バジル様と結婚したいと望み、身分も容姿も知性も、何もかも問題ない……私より秀でた女性がいるはずなのに。

『どうして私なのですか？』

不思議に思ってお父様に問う。

『バジル様が、アルビナと結婚したいとおっしゃっているんだよ。なんでも、学園で見かけて気になっていたとか』

そう言って、お父様はニッコリと微笑んだ。

驚いた、本当に心底驚いた。縁談話が来たこともだが、誰でもよいわけではなく、私だからこそ選んだということに。

十六歳から十八歳の三年間、貴族のみが通う学園は通常の勉強に社交界でのマナー、貴族としての心構えを学ぶ場だ。それとは別に、出会いの場でもある。学園で良縁があり婚約、結婚に至ったという話はザラにある。

けれど、それは自分には無縁だと思っていた。友人は大勢いたけれど、恋仲になった人も、想い人すらもいなかったのだ。

もちろん、学園で有名なバジル様を何度か見かけたことはあったが、美しい人だなと思っていただけだった。卒業するまで一度も会話したことはなく、彼の存在は私には遠すぎた。

卒業してからも恋愛にはほど遠く、浮いた話ひとつない日々。このまま生涯独身かと諦めかけていたところに、この縁談が降って湧いたのだ。

私を選んでくださったと聞いた瞬間、胸が激しく鼓動した。そのときの胸の高鳴りを忘れることはない。うれしくてうれしくて、泣きそうになって……実際、幸せで涙を流したことを覚えている。

これが恋なのかはわからない。それを判断するには、私は未熟すぎた。

ただ、そうであればいいと願う。これが恋であってほしいと望む。そうしたら、私は恋する人のもとへ嫁げるのだから。

恋に未熟で無知な私は胸を熱くさせたのだった。

それからバジル様とお会いして、正式に婚約した。それまでは、やっぱりやめると言われるのではないかとビクビクしていたけれど、無事に婚約が成立して、また泣いた。

そうして婚約から一年後、私たちは結婚したのだった。

卒業から四年が経過し、二十二歳の秋のこと。

結婚式は派手ではなかったけれど、それでも私には分不相応に美しく豪奢《ごうしゃ》に感じられた。家族や知人の祝福を受け、私は世界で一番幸せな花嫁だと信じていた。幸せに涙した。

それが昨日のこと。

——そう、まだ昨日のことなのだ。それなのに……

初夜に旦那様とどういうことをするのか知識ではわかっていたが、いざその瞬間がやって来ると思ったとき、私は緊張で心臓が飛び出しそうになっていた。

夜着を着て寝台の前で旦那様——バジル様を待つ。

扉が開き、彼が入ってきた瞬間、私は頭を下げて旦那様となる方へ改めて挨拶をしようとしたのだ。

だが、下げた私の頭に降って来たバジル様の言葉は、とても残酷なものだった。

そのまま呆然と、一夜を寝台の上で過ごした。徹夜の目には朝日が厳しく、痛い。何もやる気が起きず、私は動けない。

ただ一晩中、昨夜のバジル様の言葉を反芻《はんすう》し続けていた。

『俺はお前を妻と思わないし、愛することもない』

——なぜ？　どうして？

では、私と結婚した意味は、どこにあるというのですか？

ジワリと涙が浮かぶ。うれしくて幸せに涙したのは、つい昨日のことなのに。まさかその翌日に、こんなにも悲しい涙を流すとは思わなかった。

どうすればいいのだろう……

混乱していたら、不意にノックの音がして、慌てて涙を拭う。こんな涙、誰にも見られたくないから。

返事をすると、侍女の声が聞こえた。入室を許可すると、彼女はすぐに入って来て……そして何も言わずに近づいてきた。目の下にクマを作っている私の顔は、きっとひどいものだろう。

「おはようございます、奥様。朝食の用意が整っておりますが、いかがされますか？」

そう問う彼女はわかっているのか。侍女という職務を遂行しようとする彼女の目に、今の私はどう映っているのだろう。

一切乱れのない寝台。夫であるバジル様は不在。

簡単に察することができるであろう状況を見て、彼女は何を思うのか。

けれど彼女は何も言わないし、私も何も言わない。お互いに言えるわけがない。

「まずは湯につかって身を清めたいわ。お願いできる？」

「かしこまりました。すぐにご用意いたします」

はぐらかすように要望を伝えると、侍女は頭を下げて準備を始めた。

私はそれを見やってから、窓へ顔を向ける。悲しいくらいに美しい朝の光が飛び込んできて、思わず目を細めてしまう。

侍女は非常に手際よく、テキパキと湯浴みの準備を進め、あっという間に整った。

何もないまま薄着で一晩を過ごし、冷え切った体に熱い湯はとても心地よい。

入浴を済ませれば、次は食事。正直食欲なんてないが、かといって何も食べなければ行動することはできないし、倒れてしまう。

渋々食堂へ向かった。

目の前で扉が開かれる。一歩、中に入れば、そこには誰もいないことに気づく。いや、正確には給仕をはじめとした使用人たちがいる。

ただし、大きなテーブルに用意された食事は一人分しかない。考えずともわかる、これは私のためのものだと。私だけに用意された食事がポツンと、大きなテーブルにあった。

つまり、私と一緒に食事をする人はいないということを意味している。

夫となったバジル様は一人息子で、彼のご両親は引退されて領内の端、遠い田舎に隠居されている。必然的にこの屋敷には、使用人を除けばバジル様と私しかいない。唯一の同居人と食事すらともにできないなんて……

賑やかだった実家での食事を思い出しながら、私は小さくため息をついて席に座った。

運ばれる料理は温かく、どれもおいしいものだろうと思われる。

……きっとそうなのだろう。昨夜のショックが大きかった私にはなんら味がしない。

しかし、せっかくの料理を残しては材料を育てた方々に、そして料理を作ってくれた方々に失礼だ。奪われた動物たちの命も報われない。そう教わった私は、どうにか必死で食べ進める。

食欲もないまま、無理に詰め込んだ料理は流れ作業のように私の胃に入っていった。

「ごちそうさま」

本当はおいしかったと言うべきなのだろう。そのひと言があれば、シェフが喜ぶと私は知っている。けれど、そんな何気ない言葉を言う余裕すらない私は無言で立ち上がり、食堂をあとにした。

本来ならばそのまままっすぐ自室に戻るべきなのだろうが、そうはしない。

私は自室とは逆、目的の部屋へ向かう。

それはバジル様の部屋だ。私は昨夜の発言の意図を問うべく、バジル様の執務室へ向かった。まだ慣れない公爵邸ではあるが、夫であるバジル様がいる執務室の場所くらい、わかっている。迷うことなく立派な装飾の扉の前に立ち、一応のノックをしてから返事を待たずに扉を開けた。

「なんの用だ」

ノックはすれど、返事を待たずに扉を開けるという無礼な行為に、バジル様は眉根を寄せる。その表情を見ずとも声だけで不機嫌丸出しだとわかる。側近がハラハラした顔をしているのが、視界の片隅に見てとれた。

バジル様から睨まれるけれど、私は臆することなく前に進み出る。そして作業をしている執務机の前、立派な椅子に座るバジル様を見下ろす形で立つ。

彼の眉間の皺《しわ》はますます深くなる。

「執務中だぞ。出ていけ」

「用件はすぐに済みます」

バジル様は早々に私を追い出そうとする。

けれど、私も引けないものがあるのですと言わんばかりに、キッと睨むように見る。怒られるかと思ったけれど、何も言わずにバジル様は見返してきた。負けじと私は目を逸らさない。

しばしの沈黙のあと。

私が引かないと思ったのか、諦めたようにバジル様は深々とため息をついて、側近に下がるように命じた。

扉が閉まる音がして、静寂に包まれる。部屋は私とバジル様の二人きりになった。話しやすい状況が作り上げられたのだ。

私は背筋を伸ばし勇気を振り絞るために、スウ……と大きく息を吸ってから口を開く。

「昨夜のお言葉について、お聞きしたいのです」

「話すことなど何もない」

「いいえあります。私たちは夫婦でしょう？　話し合いはとても重要です」

その言葉に、また眉間の皺《しわ》が深くなった。いったいどれだけ深まるのだろう。

「だから俺はお前を妻と思わないと――」

「理由をお聞かせください」

バジル様の言葉を最後まで聞かないのは失礼かもしれないが、聞いてうれしい内容ではない。だから私は遮るように自分の声をかぶせた。それでお叱りを受けても、致し方ないと思いながら。

バジル様は虚《きょ》をつかれたように一瞬言葉を失い、そして眉間の皺《しわ》はそのままに、目を閉じて大きなため息をついた。

「私との縁談は、バジル様かあなたのご両親か……とにかく、エルディア公爵家が申し込んできたものです。姉でも妹でもなく、私をと名指ししていただいて光栄に思います。あっという間に婚約となり、それから一年後となる昨日、私たちは結婚いたしました」

そこで一度言葉を切る。

だがバジル様は何も言わない。それを確認して、私は言葉を続けた。

「だというのに、私を妻とは思わない、とはどういう意味でしょうか？　私が気に入らないのであれば、結婚しなければよかったのに。婚約期間は一年もあったのだから、解消だってできたでしょう？　なのにどうして……」

「それに関しては、申し訳ないと思っている」

矢継ぎ早に私が述べていると、申し訳なさそうにバジル様が告げた。眉間の皺《しわ》は消えている。

困ったような顔をされては、なんだか私が一方的に、理不尽に責めている悪者みたいではないか。

「何か理由があるのですか？」

「それは……言えない」

その言葉に少なからず苛立ちを感じる。

「どうしてですか？　私たちは夫婦でしょう？」

「だから、俺はお前を妻とは認めないと……」

「ではなぜ結婚したのですか！」

まったくの堂々巡りだ。なんの進展もない会話に頭が痛くなる。執務机を殴りたい衝動を必死で抑えながら、どうにか冷静を保ちつつバジル様の顔を見た。

そして、言葉を失った。

なぜ、彼は泣きそうな顔をしているのだろうか。

実際に涙は浮かんでいないけれど、今にも泣いてしまいそうな顔をしているのだ。苦しいような悲しいような寂しいような……

「バジル様……？」

理不尽なことを言われているのは私だというのに、どうして彼のほうが辛い顔をしているのか。

それこそが何より理不尽だ。

「説明しないと納得できないか？」

「できません」

「それでキミが苦しむことになってもか？」

「それでも……知らないよりはマシです」

何も知らずに拒絶される。それがどれだけ悲しいことか、きっとあなたにはわからないでしょうね。

けれど優秀な家族に囲まれ、周囲からあざけりと拒絶を受け続けた私はもうこれ以上、耐えようとは思わないのだ。隠れて泣いていた子ども時代は終わった。

だから私は、真実を知る勇気を持つのだ。

「理由を教えてください」

まっすぐに見つめる私を、彼は見つめ返し、その決意を理解したのだろう。もう何度目とも知れぬため息をついて、バジル様は口を開いた。

「俺は……俺には、愛する人がいるのだ」

突然の告白に息を呑む。

それは予想外の言葉。愛する人……それが私でないことは、すぐに理解できた。

その予想は、すぐに結果として出る。

「俺は……エリシラを愛している」

そう残酷な告白を、バジル様の口から告げられたのだ。

「エリ、シラ……エリシラ……？　それは……」

「まぎれもなく、キミの妹のエリシラだ」

目の前で何かが崩れ落ちた気がした。これまで信じてきたものが、すべて崩壊していく。たしかにその音が聞こえた気がして、脚が震えた。

「エリシラには……妹には婚約者のランディがおります」

「そんなことは知っている」

絞り出した私の言葉に対し、苛立たし気なバジル様の返答。そう、彼はわかっている。その事実を知りながらなお、エリシラを愛していると言うのか。

「俺がキミを愛せないのは、単純な片想いゆえではないのだ」

バジル様の言葉は続く。

聞きたくないという思いが心を支配する。しかし、聞いたのはまぎれもなく私だ。苦しむことになってもよいのかとバジル様は尋ねたのに、それでも知らないよりはマシと言った。私にはバジル様の告白を最後まで聞く義務がある。

バジル様は私から視線を外すと、うつむくようにして言った。

「エリシラと俺は……褥《しとね》をともにしたことがあるのだ」

瞬間、私は崩れ落ちた。いや、実際には体は動かず、氷のごとく固まってしまっている。まるで私の足元が崩れ落ち、深い闇へ落ちる。そんな錯覚に陥ったのだ。

「我慢できなかったのだ」

暗闇に落ちた私の耳に、バジル様のとんでもない告白は続く。見るのを拒絶するかのように、私の目の前は真っ暗だ。

「学園でキミを見かけて、結婚相手にと思ったのは本当だ。いろいろ吟味し、よく考えた結果、キミがよいと思ったのだ。卒業してからも婚約していないキミを、俺はたしかに伴侶《はんりょ》として望んだ。そのときはまぎれもなく本心から、そう思ったのだ」

だが、とバジル様は苦し気に眉根を寄せた。

「だが、キミと正式に婚約してから初めてエリシラを見た。その瞬間、心臓が高鳴るのを抑えることができなかった。あんな気持ちは初めてだった」

はあ、と出されるのは、重いため息。

「俺はこれまで誰かを愛したことがなかった。恋愛なんて、自分とは無縁のものだと思っていたんだ。愛はなくとも好意は持てたから、キミとなら平和に過ごせると思った。学園でも努力を重ねていたキミを好ましく思ったし、きっとキミとなら……そう、思ったんだ」

私の心は激しく動揺する。

好意なんて、家族でも友人でも持つ感情ではないか。父から『バジル様がアルビナと結婚したいとおっしゃっている』と聞いて、喜んでいた自分を殴りたい。

私がショックを受けているとも気づかずに、バジル様は淡々と残酷な言葉を続ける。

「あのときまで……エリシラと会うまでは、たしかにそう思っていた」

けれど違った。現実はそうではなかったのだ。

「俺は知らなかった。恋とはこんなにも胸を焦がすものだと、こんなにも苦しくなるものだと。俺は……知ってしまったんだ」

気づいてしまった恋心をとめることはできず、侯爵家でエリシラに会うたびに、その思いは大きくなったのだとバジル様は言う。

「キミに会いに来たというのはすべて口実で、俺はエリシラの姿をひと目見たくて、足しげく侯爵家に通った」

バジル様は頻繁に侯爵家に来ていた。それこそ私が勘違いしてしまった一番の理由だろう。私と一緒にいるとき、話しているとき、彼は私を通りすぎて、妹を見ていたというのか。なんて残酷な……あまりにも人を馬鹿にした行為に絶望を感じ……次いで怒りがわき上がるのを感じた。

知らず知らずのうちにギュッと手に力が入る。

「もちろん最初は諦めようと思ったんだ」

当たり前だが、私との婚約はすでになされている。解消できるだろうが、したところでどうなるというのか。

だって妹には……エリシラには、ランディというれっきとした婚約者がいるのだから。当時はまだ婚約前だったが、もう直前の時期。それに婚約がなされていなくとも、二人は愛し合っている。

どう望んでも、バジル様はエリシラを手に入れることはできない。

「どうしても諦められなかった。思いは増すばかりで、とめることなどできなかった」

なぜ、そんなに……と思ってしまうのは当然だろう。

「なぜエリシラなのですか？　たしかに彼女は美しいですが、どんな子かもわからないのに。容姿の美しさで言うなら、お姉様もまた美しい人です」

「エリシラだけだ」

私の疑問にバジル様は即答する。フッと顔を上げた彼の瞳を見た瞬間、言い知れぬ何かを感じて私はゾッと身震いした。

「あんなに美しく妖艶《ようえん》で、俺を魅了するのは、エリシラだけだ」

妖艶《ようえん》？　もう十九歳になる妹は、たしかに可愛いから美しい女性に変わってきた。だがいまだ幼さの影を残す彼女には、およそ似つかわしくないその表現に、私は内心首をかしげた。

そんな私に反して、エリシラについて話すバジル様の顔は徐々に熱を帯び始める。

「エリシラは美しいだけではない、私の心を焦がす、言い知れぬ魅力を持っている。あの瞳に見つめられるだけで俺は動けなくなるし、ずっと見てほしいとも思う。その目に俺だけを映し、誰の存在も忘れて、ただただ俺だけを――」

その目が徐々に細められ、もとより黒い瞳がますますどす黒くなり、濁った闇をまとう。

「俺は知らなかった、恋とはこんなにも胸を焦がすものだとは。こんなにも苦しくなるものだとは。こんなにも幸せになれるものだとは。俺は知らなかったのだ！」

これは誰？　目を見開き、唾を飛ばし、ただただエリシラしか視界に入らぬ眼前の男。

彼はもう私の知るバジル様ではなかった。彼はいつだって落ち着いていた。公爵家当主としてトラブルに際したときも、取り乱すことはなかった。

なのにどうだ、今の彼は別人のようではないか。

「エリシラは美しい、エリシラを愛している、彼女をずっと見ていたい、自分を見てほしい」

彼は血走った目で言い続ける。

「俺は悟った、エリシラこそが俺のすべて、彼女なしの人生など無意味！　彼女こそが俺の運命の相手であり、エリシラこそが俺と結ばれるべき伴侶《はんりょ》なのだと！　わかるか、アルビナ！」

もうその目には私は映らない。だというのに、バジル様は私の名を呼んで私を見た。私の背後にある、誰かを見つめながら。

「いやわかるまい。恋をしたことのない、愛がなんであるかを知らないお前には、けっしてわかるまい、俺の思いの強さが！　俺は生涯をかけてエリシラを愛すると誓ったのだ。けっして彼女以外を愛することはない。俺の愛は永遠に彼女のものなのだ！」

見開き血走った目を前に、私は何も言えなかった。動くことすらできなかった。

口を開いても悲鳴が喉をついただけだろう。動けたとしたら、その場にうずくまるか、走って逃げだしただけだろう。

だが、どちらもできない。口に手を当て、ただ涙を浮かべることしかできない私には、バジル様を前にして震えるしかなかった。

不意に糸が切れたようにバジル様が手をダランと垂らす。それまでは立ち上がって、手を上げて力説していたというのに急に力なくうなだれた。

「だがそうだな、エリシラにはランディがいる。あのときは婚約前だったが、今やれっきとした婚約者であるランディが、彼女の隣にいた」

一線を越えるなど許されるわけもなく、またそうする勇気もなかった。そうバジル様は言った。

「だがあの日、すべてが変わった」

力なくうつむいたまま、バジル様は再び語り始める。

あの日とは二ヶ月前、私とバジル様の結婚があと二ヶ月と迫った日のこと。その日はバジル様が我が侯爵家で、夕食をともにした日だった。

娘が嫁ぐことに少なからぬ悲しみを持つのは、大抵の父親の共通点だろう。そんな父がバジル様に結構な量の酒を勧めたのは仕方なかったのかもしれない。

そして、バジル様はバジル様でエリシラへの思いに苦しみ続ける日々ゆえの精神的疲労からか、いつも以上に酒が進み、かなり酔った。

結果、彼はその日は公爵邸に帰らず、侯爵家に泊まることとなった。

——初めての過《あやま》ちはその日の夜に起こる。

みんなが寝静まった深夜、喉の渇きを覚えたバジル様はふと目を覚ました。

その瞬間、彼は誰かが暗闇の中、自分の上に覆いかぶさっているのに気づく。

まさか賊か!?　と慌てたものの、酒が残っていて満足に動けない。焦る一方で体は思うように動かず、簡単に押さえ込まれてしまった。

そして、バジル様が身を固くした直後。

『しー。お静かに』

突如、覆いかぶさる影が声を出す。

耳元で囁く聞き覚えのある声。それは忘れようがない、間違えようがないもの。

恋焦がれた人の声が耳をつく。

雲が切れて月明かりが室内を照らし、一糸《いっし》まとわぬ姿で、自分に覆いかぶさるエリシラの姿をバジル様は目にした。そして瞬きひとつせず、その白く美しい肌を見つめ続けたのだ。

「俺はそのとき、初めてエリシラを抱いた」

流れるようにそう言うバジル様の目は恍惚《こうこつ》としていた。きっと彼の脳裏には、そのときのエリシラの姿が浮かんでいるのだろう。

「初めて、ですか……」

その言葉の意味するところ。それはつまり……

「そうだ、初めてだ。それからはもうとまらなかった」

二人の関係は、一夜の過《あやま》ちで終わらない。それから何度もエリシラとバジル様は関係を持った。

私との結婚まであと数日という限られた時間が、余計に二人に火をつけたのか。時に屋敷内で昼間から、私が席を外したほんの短時間。侯爵家に泊まったときは一晩中。さらに、外での逢瀬も繰り返したという。

それを聞いても、私は何も言わなかった。正確には言えなかった。

何を言えというのだろう？

私と結婚の話を進めていながら、ずっと彼は妹と関係を持っていたのだ。そんな事実を知らされて、何を言えばよいのか。

しかし何も言わなければ、バジル様はまだ話し続けるだろう。聞きたくもない妹との赤裸々《せきらら》な関係を延々と聞かされる。

それを悟った私はそんな地獄に身を投じるつもりはないと、彼の言葉を遮るように重い口を動かす。

「これから、どうするおつもりなのですか？」

それだけ問う。

これまでのことはよくわかった。彼がエリシラを愛していることも、嫌というほど理解した。ただその先に彼は何を求めるのか、どうするつもりなのか。それを明確にしたくて聞いた。

すると彼はフッと黙り込んで、私を見る。その目にはすでに濁った闇の色はない。この切り替えの速さがあるからこそ、これまで私に隠し通せたのだろう。

「今後のことだが」

すべてを話して心が軽くなったからか、バジル様の顔は妙にスッキリしている。

「何度も言うように、俺はキミを妻とは思わない。だが離婚もしない」

「なぜですか？」

「俺には公爵としての立場がある。そもそもエリシラと結ばれないのだから、キミと離婚する意味はない。キミにはこのまま公爵夫人でいてほしい」

彼は残酷な言葉を言い続ける。

「そんな……」

「悪い話ではあるまい？　キミは俺と婚約するまで、誰とも縁談はなかったそうじゃないか。そんなキミが離婚してみろ、もう二度と結婚できまい。一生独り身でどうする気だ？　実家に寄生する気か？」

「……」

悔しいかな、その言葉に反論できなかった。

それを是ととったのだろう、バジル様はうなずいてピッと人差し指を立てると、「今後のルールはこうだ」と言った。

・けっして体を重ねることはしない。
・相手に愛を求めない。
・公《おおやけ》の場では仲のよい夫婦を演じる。
・子どもはできなかったことにして、三年後くらいに養子を迎える。

なんと横暴で身勝手なルールだろう。そこには私の意思も希望も反映されていない。

「このことは誰にも話すなよ？　話したところで、何もいいことなどないからな。互いの平穏のためだ」

互いの？　いいえ、私に平穏なんてありはしない。穏やかな日々を望んでの結婚だったけれど、それは無惨にも打ち砕かれたのだ。もう平穏などどこにもない。

「……わかりました」

だが、今の私では何も言えなかった。何もできない。腸《はらわた》が煮えくり返るような怒りを内に抱えながら、それでも私には彼を罵《ののし》ることができなかった。

なんて、情けない……

それからバジル様と何を話して、どのタイミングで退室し、どうやって部屋に戻ったか覚えていない。

気づけば私は自室へ戻り、椅子に座って呆然としていた。侍女はおらず、一人きりの空間。窓の外には目を向けるのが苦しくなるほど美しい青空が広がっている。耳触りのよい鳥のさえずりに、心地よい風の音が聞こえてくる。

まるで何も憂うことのないような景色から私は目をそむける。うつむくと、自分の影で暗くなったテーブルが瞳に映った。それをしばし見つめて……直後。

――ドンッ。

私は目の前のテーブルを荒々しく殴って、額《ひたい》を天板につけた。目を閉じると、先ほどのバジル様の言葉が脳裏で繰り返される。

『俺は……キミの妹であるエリシラを愛している』

『俺は生涯をかけてエリシラを愛すると誓ったのだ』

『キミを妻とは思わない』

私は説明してもらわないと納得できないと言った。けれど真実を知った今、納得できただろうか？

「いいえ。到底納得できないわ」

裏で二人が何をしているか知りもせずに、私はバジル様との結婚に浮かれた。エリシラが心から祝福してくれていると思い込み、彼女に惚気《のろけ》ていたのだ。

テーブルを殴ってから、天井を仰ぎ見る。気分は最悪で、不快感に包まれ気持ち悪い。先ほど食べた食事を戻してしまいそうだ。何をする気力も起きないまま、放心状態が続く。

静寂の中で聞こえてくる鳥の声は遠い。

少しだけ開いた窓から流れ込む風が私の髪を揺らした。金の輝きを望んだ髪は茶色を濃くするだけで、明るさを増すことはない。なんて美しくない茶金の髪。

瞼《まぶた》を閉じて思い出すのは、妹の美しい髪と瞳の紫紺の色。整った顔立ちに、白く綺麗《きれい》で透き通るような肌。愛らしい形の唇。美しい妹の顔。

バジル様の話は本当なのか、という疑念はある。彼がエリシラに惚れているのは真実だろう。私に話す彼の目は本気だった。あの血走った目が演技などとは到底思えない。

けれど、ではエリシラは？

少なくとも私が知るエリシラは婚約者——幼馴染の侯爵令息ランディにぞっこんだ。彼が私や長姉と話すことすら妬《や》くほど、エリシラはランディを好いている。

それに何より私たち姉妹の関係は良好だ。喧嘩なんてした記憶もない。年の離れた兄姉より、エリシラは歳の近い私と最も仲がよかった。

『おめでとう、アルビナお姉様！』

そう言って、私の結婚を誰より喜んでくれたのだ。

そんなエリシラが自分からバジル様を誘うだろうか？　何度も体を重ねるなんてこと、ありえるだろうか？

——まったく想像できない。

そもそも想像したくない。でも私が知らないだけで、妹には隠された一面があるのかもしれない。いくら家族でも知らないことだってあるはず。それこそ、成長とともに秘密は増えるはず。

頭の中はグチャグチャで、あれこれ考えて疑心暗鬼《ぎしんあんき》となり、考えすぎて両親や兄姉も本当は知っているのではないかと怪しく思えてきてしまう。知らないのは私だけ……と考えるようになってしまった。いよいよ重症だ。

テーブルの天板にもう一度額《ひたい》をこすりつけ、目を閉じて家族の顔を思い出す。それから目を開けて、天井を仰ぎ見る。それを何度も繰り返す。ジッとしていられない、落ち着かない。

「私は、誰を信じればいいの？」

そう独《ひと》り言《ご》ちた。自分の問いへの答えはすでに出ている。

味方などいない。誰も信じられない、もう誰も信じない。

「許さない」

その思いだけが、私の胸の中でくすぶる。

美しくも可愛い、愛する妹。私に笑いかける、屈託のない瞳を思い出す。その瞳が徐々に濁りを帯びる。瞳の光がくすみ、細くなり、唇は醜《みにく》く歪《ゆが》む。

記憶の中の妹がどんどん薄汚れていく。

愛しているはずの妹の存在は別の存在へ変わり果てた。人の婚約者を寝取る、醜《みにく》い異形の存在に変貌したのだ。

そう思った瞬間、私の中で静かに怒りがフツフツと湧き上がり、炎となって燃え上がる。

「そう、私は怒っているの、憎んでいるの」

その勢いは増すばかり。怒りの火種が次々に投じられ、地獄の業火《ごうか》よりも熱い炎が私の心を燃やし続ける。

「許さない、絶対に許さない」

私の心を踏みにじったバジル様とエリシラに、相応の罰をくだしてやりたい。

「必ず復讐《ふくしゅう》してやるわ……」

私を陰で馬鹿にし嘲笑った二人をけっして許しはしない。報いを受けさせてやると、私は誓いを立てた。

誓った瞬間、笑みが私の顔を支配する。結婚して初めて笑った。それはきっと誰かが見れば、恐怖し青ざめたことだろう。

だが今部屋には私一人きりで、見る者はいない。だから私は黒く禍々《まがまが》しい笑みを、遠慮なく浮かべる。

いつか来る復讐《ふくしゅう》のときまで、私は静かに怒りを燃やし続けるのだ。

第二章　絶望の里帰り

「おかえりなさい、アルビナお姉様！　……あ、もうアルビナお姉様の家はここではないのね。いらっしゃい……かしら？」

「ただいまエリシラ。ふふ、私にとってはここも帰る場所であってほしいわね」

ニコリと微笑んで答えると、パアッと満面の笑みを浮かべるのは私の三歳下の妹、エリシラだ。

結婚して一ヶ月が過ぎ、一度里帰りを……と帰郷してきた私を、お母様とエリシラが笑顔で出迎えてくれた。

お母様は「おいしいお菓子があるのよ」と言って、いそいそとお茶の用意をしに行く。傍《はた》から見れば、侯爵夫人が直々に？　と思うかもしれないが、お母様が淹《い》れてくれるお茶はメイドたちには悪いけれど、本当においしいのだ。

五歳上の兄に、三歳上の姉。そして三歳下の妹。仲睦まじい両親のもと、私たち四人兄妹は仲よく暮らしてきた。

ブラッドお兄様はすでに結婚して別邸で暮らしているが、侯爵家の後継としてお父様から仕事を教わるため毎日来ている。今日は朝からお父様とともに登城していて今は不在。会えるのは昼頃だろうか。

兄の妻である、義理の姉は優しくて素敵な人で会いたかったけれど、初産に向けて里帰り中だった。

リーリアお姉様も結婚して家を出ているため、実家に住んでるのは両親を除いては妹のエリシラのみとなった。姉も私の里帰りに合わせて、今日里帰りするらしい。それもまた昼頃の到着と思われる。

なので、今はエリシラと二人きり。毎日同じ屋敷で過ごしていたけれど、一ヶ月ぶりに会うエリシラは相も変わらず美しい。いいえ、その輝きは増しているように思える。

紫紺の髪に瞳は怪しげで、けれど無邪気な光が浮かんでるせいでそうは思わせず、十九歳に成長した彼女は、今なお幼さも併せ持つ。けれどきっともうすぐ可愛いという言葉を誰も思い浮かべなくなるだろう。

お母様もリーリアお姉様も美しい人たちだが、エリシラはそれとは少し異なる美しさだ。妖艶《ようえん》だと、そう言ったのは誰だったたか。心の中でとぼけて、私は目の前の妹を見た。

「エリシラはまた綺麗《きれい》になったわね」

「え、そうでしょうか？　なんだか照れます……」

私の褒め言葉にポッと頬《ほほ》を赤らめるエリシラ。その初心《うぶ》な反応にクスリと笑って、私はそうようなずいた。

「本当に綺麗《きれい》になったわ。これではランディも心配でしょうね」

「そ、そんなこと……！」

エリシラと恋仲である、侯爵家の令息、ランディ。二人が正式に婚約して半年が過ぎたが、幼いころから仲がよかった彼らは、さらに仲睦まじい時間を過ごしていると聞く。

実際、私が実家にいたころはそんな光景をよく目にした。

ランディは金髪碧眼《きんぱつへきがん》で整った顔立ちだ。やや幼さが残るものの、二十歳を目前にし徐々に精悍《せいかん》さが増してきた。とても立派な青年に成長している。

エリシラとランディ、二人は文句なしにお似合いだ。

「ランディとは仲よくしているの？」

「ええ、もちろんですわ」

即答するエリシラに私は笑顔を返す。

「お母様がお茶を用意してくれる前に、一度部屋で着替えるわね」

そう言ってエリシラと別れた。

二十二年間住んだ、懐かしい侯爵家の屋敷。迷うはずもなく、一直線にかつての自分の部屋に行く。そこは主《あるじ》である私がいなくなっても、綺麗《きれい》に掃除がなされていた。嫁入りで少し物が減ったとはいえ、以前とほぼ変わらない部屋の様子にホッと小さく息をつく。

「やはりここは落ち着くわ」

実家でかしこまった格好など息がつまるだけと、私はクローゼットの中から服を取り出した。嫁入り時にすべての服を持っていったから、これはお母様が新しく用意してくれたのだろう。いつでも帰ってきていいのよと言ってもらえているようで、うれしくなる。それはたしかに私の好みを把握しているデザインだった。

だが、と寝台に顔を向けて目を細めた。別になんの変哲もないそこを私は睨むように見る。

その天蓋付きのベッドは、エリシラの部屋にある物と色違いなのだ。彼女は薄いピンクで、私は薄い水色を基調としている。

エリシラの部屋の寝台を思い出してしまう自分のベッドを睨み、思わずフカフカの寝具を殴りつけそうになる。

しかし、そんな行為になんの意味があろう。そんな小さなことをするために、ここに来たのではない。決意を深めるために私は来たのだ。ギリと唇を噛み、グッと拳を握り締める。

寝台を一瞥《いちべつ》したあと、私はパパッと着替える。着替えを言い訳として部屋に戻ったので、あまり長居をしていたら変に思われてしまう。

天気のよい日は中庭でお茶会をするのが実家での習慣となっていて、私は早速向かった。行けばすでにお母様がおり、エリシラも当然のようにいた。お母様の手伝いをしているようだ。

二人は楽し気に会話し笑いながら、カップやお茶菓子を並べている。

こういった、貴族なのに気取らない家族が好きだった。平和で幸せなひとときだといつも思っていた。なのに今は素直にこの状況を喜べない。本来なら楽しい里帰りも、なんだかとても虚しかった。

だが、何も知らない（そう思いたい）お母様に暗い顔を見せたくはなかった。

「私も手伝います」

私はそっと近づいてお母様に声をかけた。

「あらアルビナ、ありがとう。でも大丈夫よ、ちょうど用意ができたところだから。ほら座って。お茶を飲みながら、いろいろお話を聞かせてちょうだいな」

「はい、お母様」

「私も聞きたいですわアルビナお姉様。バジル様とは楽しく過ごされていますか？」

「……。……ええ」

即答できなかった。私の頭の中にいろいろな考えが渦巻《うずま》いたからだ。

仲よくどころか、その逆だった。その状況の元凶となったのは目の前の妹。いったい、妹は何を考えてそんな質問をするのか？

――もしかしたら。本当にもしかしたら、だが。

バジル様の言葉は嘘なのかもしれない。いえ、エリシラを愛していると言ったバジル様の顔は、目はたしかに熱を帯びていた。あれは恋する者の目だ。

なぜわかるのか？

それはエリシラが、婚約者のランディといるときの目がそうだったから。お母様がお父様を見つめる目も、リーリアお姉様が夫である義兄を見るときも、義姉がブラッドお兄様を見る目も同じ。

みんな、愛し合っている。幸せな恋愛をしている。

違うのは……私とバジル様だけ。バジル様が愛しているのは、たしかにエリシラなのだ。

だが、関係を持ったというのが嘘だったら？　それとも、エリシラを慕うあまりの妄想？

そうであればいい。そうであるなら少なくとも私は、エリシラを今まで通りに愛し続けることができる。大切な妹として可愛がれる。

そう、思った。

だがそうでないことを理解した。悟ってしまった。

どうしてそんなことを問うのか？　と思って妹の顔を覗き込むように見た瞬間、わかってしまったのだ。家族だから、彼女が生まれたときからそばにいたから気づいてしまったのだ。

『バジル様とは楽しく過ごされていますか？』

そう質問したとき、エリシラの目は悠然と語っていたのだ。

自分のほうが愛されていると。いや、バジル様の愛はすべて自分のものだ。お前などまったく愛されていない、形だけの夫婦だ、と。

見下し、優越感に満ちた光を私はその瞳の奥にハッキリと見た。見えてしまった。

「アルビナお姉様？」

その光を見出し、呆然とする。しばらくは呼ばれていることにすら気づけなかった。怪訝《けげん》な顔で私の顔を覗き込んでくるエリシラの顔を目にして、ようやく我に返る。ハッとなって顔を上げると、エリシラとお母様が不思議そうに私を見ていた。

「あ……ごめんなさい。なんだったかしら？」

「いえ、何度お呼びしても反応がないので……。アルビナお姉様、どうかなさったのですか？　顔色があまりよくないようですが」

「いえ、大丈夫よ。少し寝不足で疲れているのかも」

本当に寝不足なので、真実の混ざった適当な言い訳。言った直後に後悔する。

「あらあら。バジル様が寝かせてくれないのかしら？」

口に手を当て、フフ、と笑うお母様に悪気はないのだろう。世間一般の新婚のイメージから、勝手に推測しただけなのだろうが、それは私の心に剣をつき刺すのと同じ行為だ。

言葉を失う私を、再びエリシラが覗き込んできた。

「アルビナお姉様、本当に大丈夫？」

その瞳の奥で何を考えているのだろうか。私を心配するような光をたたえながら、あなたは何を……

耐えられなくなった私は、思わずエリシラを問い詰めそうになった。しかし、問い詰めたところでなんら成果は得られないだろう。むしろ妹の警戒心を煽《あお》るだけ。

短慮な行為は自分の首を絞める。復讐《ふくしゅう》を誓いながらも、それらすべてを捨てて詰問する行為は自滅に等しい。

わかっていても、どうにもできないときは存在するのだ。私はそれほど達観できないし、賢明でもない。自分でもわかるほど愚かな女なのだ。

先のことを考えず、心を制御できずに口を開きかけた、まさにそのときだった。

「こんにちは」

第三者の声がしたのは。

その介入によって、私の自滅行為は実行されることはなかった。我に返った私はホッと小さく息を吐き、そして聞きなれた声に振り向く。そこには……

「ランディ！　いらっしゃい！」

立ち上がったエリシラがパアッと顔を輝かせて駆け寄り、すぐに腕を絡ませた相手。それは彼女の婚約者である侯爵の一人息子、ランディ。

そして、さらにその背後にたたずむ存在に私は目を見開く。

「まあ、バジルお義兄様！」

エリシラが彼の名前を呼ぶ。私は呆然としたままフラフラと立ち上がった。

どうして？　どうして彼がここにいるの？

黒い前髪をかきあげてたたずむその人。私の形だけの夫が、微笑みながらそこに立っていたのだ。

「バジル様？」

バジル様は私の問いかけにチラリと視線を一瞬投げ、すぐにそれをお母様へ向ける。

「突然の訪問、申し訳ありません」

そう言ってバジル様は頭を下げる。その顔が上がった直後、彼は視線を向けた。

私ではない。私の隣にいる仲睦まじいカップルへ向けたのだ。正確にはランディに寄り添うエリシラへ。

どうして気づかなかったのだろう。なぜこんなに明確な行為に私は気づかずにいたのだろう。

そのあともバジル様はけっして私を見なかった。いや、彼は誰も見ない。見ているようで見ていないのだ。

その視線はたった一人に向けられている。

気づいてしまえば、意識して見ていればすぐにわかる。バジル様は、お父様とブラッドお兄様が帰宅しても、リーリアお姉様がやってきても、ずっとエリシラを見続けた。

全員が揃ったところで昼食になった。食事をとりながら、バジル様はもう一度、突然の訪問の謝罪をして頭を下げた。

「いいえ、気にしないでくださいな、うれしいですわ。でもどうかされたのですか？」

微笑みながら言うお母様に、バジル様は苦笑を浮かべて……私を見て話す。形だけというのに、私に向けられる視線に苦しくなる。

そんな私の苦しみなど気づかぬふうにバジル様は微笑む。

「ほんの数日の里帰りだというのに……わずか数時間で寂しくなってしまいまして。アルビナに会いたくてつい来てしまいました」

「……!!」

あらまあ……と笑う両親兄姉。

だが私は心の中で叫んだ。嘘よ！　と。

バジル様が私に会いたくてくるわけがない。けれど合点《がてん》がいく。私の名前の箇所を『エリシラ』に変換したなら……それこそがバジル様の本心なのだと理解できた。

だって彼は私を見ているようで見ていない。その目は私の奥、私の隣に座る存在を見ている。

「まあ、アルビナお姉様ったら愛されてますのね！」

そう言って、右隣の存在……エリシラは私の顔を見た。その目もまた私を見ているようで私の左隣の人物に向いている。

そのことは当人たちを除けば、私にしかわからないに違いない。婚前からこうして食事をともにすることはあったから、きっと気づかなかっただけでこれまでも頻繁にあったのだろう。

食欲などわくはずがない。楽しいと思えるはずもない。ここはもはや地獄だ。

私は食事をとめてナプキンで口元を拭ってから、バジル様を見る。

「バジル様」

「ん？　なんだ？」

「お仕事がお忙しい中、会いにきていただいてありがとうございます。昼食後、屋敷へお戻りになるのですか？」

これは確認ではない。私の言葉の裏は『早く帰ってください』だ。バジル様にその意図が通じると思って、あえて私は聞いた。

しかし彼は首を横に振ったのだ。

「いや、今日はキミと一緒にいたくて、仕事はすべて終わらせてきた。明日帰ることにするよ」

「……そう、ですか」

嫌でもわかる。彼が何をしに来たのか。どうしようとしているのか。私の両隣に座る彼らが今夜、何をしようとしているのか。

私はこの目で確かめることを決意した。


みんなが寝静まった深夜。今宵《こよい》は新月で月明かりもない。暗闇の中、私はそっと部屋を出てエリシラの部屋へ向かった。

さすがに夫婦で別室は怪しまれると思ったのか、バジル様は私と同じ部屋で寝ることを断らなかった。

だが寝台にともに入らず、彼は据え置きのソファで寝ると言って、そこで早々に横になっていた。

そして、深夜、私が寝ていると思った彼は部屋を抜け出してエリシラの部屋に向かう。

あんな告白をされたとしても私は大人しく寝ていると、きっとそう思ったのだろう。どこまでも従順で、彼の邪魔をしないと考えていたのだろう。

あまりにも馬鹿にしている。そこまでされて行動しないほど私は愚か者ではない。

「……」

エリシラの部屋の前にたどり着く。

本当にエリシラは私を裏切っているのだろうか？　私と仲がいいふりをして、実は陰であざけっていたのだろうか？　……実はバジル様の片想いなんてことはないだろうか？

その瞬間まで私は期待した。いや、どうかそうであれと願った。だが。

「あ……バジル様……」

「エリシラ、声を抑えろ。外に聞こえるぞ」

「じゃあもう少し動きを抑え……あ！　激しくするなんてひどいですわ！」

「キミが可愛すぎるのが悪いんだ」

私は二人の行為の音を耳にして、目の前が真っ暗になる。

ギシギシと軋《きし》むベッドの音。二人の艶《なま》めかしい会話。どれもこれも私の足元を崩すような地獄。

いっそ部屋に飛び込んでやろうか。暴れて叫んで泣き喚いてやろうか。そうすればきっと家人がすぐに飛んでくるだろう。二人のあられもない姿を目撃することとなるだろう。

そうすれば、きっと二人は破滅する。夫を妹に寝取られた女という、屈辱《くつじょく》的なレッテルを貼られることになるのだ。

だが……私もまた、破滅する。

だからバジル様は私が真実を知っても何もしないと踏んだのだろう。そうでなければ、私に教えてからもエリシラと関係を持つなんてありえない。

思惑通りになるのは悔しいが、たしかにここで部屋に飛び込んでも満足な結果は得られない。それではだめだ。そんな陳腐《ちんぷ》な復讐《ふくしゅう》では二人を地獄に落とせない。

いまだ室内で激しくぶつかり合う、ふたつの肉の塊《かたまり》に吐き気を覚え、その場をあとにしようと踵《きびす》を返した瞬間。私は闇の中にたたずむ存在に悲鳴を上げかけた。

「んむ!?」

「しー。アルビナ様、お静かに。僕ですよ」

慌てて私の口を男性の大きな手がふさぐ。その声には覚えがあり、私は叫ばなかったが目を大きく見開いた。その視線の先、かすかな灯りのもとに浮かび上がる。

どうして彼がここにいるの？

私は呆然としながら小さくその名を呼んだ。

「ランディ……？」

彼はうなずき、ニコリと笑みを向けたのだった。

初夏とはいえ、夜はまだ肌寒い。部屋に戻った私は夜着の上に厚手のショールを羽織り、そして庭に出た。

暗闇の中、庭に設置された小さなライトがうっすらと足元を照らす。その程度の明かりで見知らぬ場所を歩くのは困難だろう。だが、ここは私が生まれ育った侯爵家の庭だ、真っ暗でも歩ける。

そうして庭の中心、屋敷からずいぶん離れた場所で、彼は座っていた。そこは昼間お茶会をした場所で、普段からテーブルと椅子が置かれている。

私は近づき、無言で彼の正面に座った。

「こんばんは」

「……こんばんは」

彼は普通に挨拶をしてきた。私はそれに返して、そっとその人物を窺った。

エリシラの婚約者である、侯爵令息ランディ。

闇夜のかすかな灯りが、その輝く金色の髪に反射する。十九歳の彼は幼さが消えてずいぶんとたくましくなった。もう大人の男性と大差ない。何も言わず、青い瞳でジッと私を見つめてくる。私も無言で見つめ返した。

しばしの沈黙……先に口を開いたのはランディだった。

「アルビナ様はいつからご存じだったのですか?」

前置きをすっ飛ばしての本題。だがそれでいい。夜は短い、無駄話をしている暇はないのだ。

「……ひと月前です」

「つまり結婚直前から？」

「いいえ、結婚直後に知りました」

「それはまた……」

そこで言葉を切ったランディは、口元を押さえて苦々し気に眉根を寄せる。バジル様もよく眉根を寄せていたけれど、その下では濁った汚い瞳をしていた。ランディのそれは、バジル様とは異なる純粋な……怒りをまとった、強い光を宿している。

直前も直後も大差ない、と言いたいところだけど大ありだ。直前であれ婚前に知っていたら、少なくとも結婚なんてしなかった。夫婦になる前の破談ならば、なんなりと道はあったと思う。

「ランディはいつから知っていたの？」

お父様の親友の息子であるランディとは、幼いころからの知り合いだ。幼馴染、友人……そんな関係。エリシラとはとてもお似合いで、義弟になるのを楽しみにしていたのに。

はたしてエリシラが、バジル様との関係にどこまで本気なのかわからないが、少なくとも結婚する気はないだろう。今日の彼女の態度から、心からランディを愛しているのがわかった。なのにどうして愛する人を傷つけるようなマネを!?

「最初からですよ」

叫びたいのをグッとこらえ、私は驚いてランディの顔を見た。

「最初から？」

「はい。二人が関係を持った日の……翌日でしたでしょうか？　エリシラに会いに来たのですが、彼女の態度ですぐにわかりました」

ただ、と彼は言葉を続ける。

「最初は相手が誰かわかりませんでしたけどね」

相手はわからない。だが、エリシラが男を知ってしまったことはすぐにわかったと、ランディは言った。

「なんというか……そういうことを経験すると、女性はすごく変わるんですね。僕の友達にも、婚前にそういう行為をしているヤツが何人かいますが、男はそれほど変化はないというのに。どうして女性はあんなにも大人の顔になるんでしょうか。不思議なものです」

そう言う彼は淡々としていて、平然としているように見える。けれど今の私にはわかる。彼がどれほど苦しみ葛藤したかを。私がそうだったから。

私と違うのは、彼はまだ婚約の段階であるということ。いくらでもやり直しができるはず。

私は疑問をそのまま口にする。

「どうして婚約解消しないの？」

その問いを発した私を見て、そしてすぐに……彼は悲し気な笑みを浮かべた。

「愛しているんですよ」

そう言って、彼は自嘲するような薄ら笑いを浮かべた。

「頭ではわかっているんです、異常だって。それでも僕は……エリシラを愛していて、彼女を手放す勇気が出ない」

額《ひたい》に手を当てて、ランディはうつむいた。

ああ、彼は恋をしているのだ……彼は本当にエリシラを愛していて、だからこそ苦しんでいるのだ。姉である私ですら気づかなかったというのに、ランディはエリシラの変化にすぐに気づいた。

それこそが、彼のエリシラへの思いの強さを物語っていると言えよう。

「相手がバジル様だと気づいたのはいつ？」

「それも結構すぐですよ。あの二人、気づかれていないと思っているんでしょうかね。かなりの頻度でアイコンタクトをとっていますよ」

それはつまり……気づかなかった私が間抜けということか。なんだかそう言われているようで情けなくなる。だからちょっと恨み節を言うのも許してほしい。姉弟のような関係だったのだから、そこは教えてほしかった。

「教えてくれてもよかったのに」

私がそう言うと、ランディは申し訳なさそうな顔をする。

「それは……たしかに。申し訳ありません。自分勝手な理由で黙っており、深くお詫びします」

「自分勝手？」

「僕は恐かったのです。エリシラが本気になって、バジルのところに行ってしまうんじゃないかと」

ランディは言葉を続ける。

「けれど、バジルとあなたの結婚話は消えず着実に進んだ。このままお二人が結婚したなら、エリシラとバジルの関係は終わるのではないかと期待したのです。そうすれば、彼女は僕のもとへ戻ってくると」

なるほど、たしかに自分勝手だ。だが私は彼を責められる？　本気の恋をしている彼を罵《ののし》れる？　できるわけがない。本気の恋をしたことがない私にそんな資格はない。だから悲しくても何も言えなかった。

「けれど今夜のことで何かが吹っ切れました」

それまで悲し気な顔だったランディがどこか清々《すがすが》しい顔で、私を見て笑った。

「吹っ切れた？」

「はい。僕は……アルビナ様とバジルが結婚すれば、エリシラとバジルの関係は終わると目論《もくろ》んでいました。だけど実際は先ほど見た通りです」

関係はいまだ続いている。もしかしたら、ランディとエリシラが結婚しても続くのかもしれない。……その可能性は高いだろう。

「遊びとか本気とか関係ない。もう僕は耐えられないし、耐えたくない。我慢できない。今夜また二人が関係を持つならそのときは……と考えて様子を見に行ったんです。二人が室内で行為に及んでる声が聞こえた瞬間……僕は……」

そこで一旦言葉を切る。

ランディはうつむいて、何かをこらえるように肩を震わせ、ギリと歯を食いしばる音がハッキリと聞こえた。

泣いているのだろうか。泣きたいのだろうか。

いいえ違う、これは怒りだ。私と同じ純粋な怒り。ランディの中に怒りの炎が燃え上がっている。

「僕はもうエリシラを愛せない。愛どころかもはや嫌悪しかない。婚約解消します」

彼はその燃える炎を瞳に宿らせ、まっすぐ私を見据えて言った。その決意に満ちた瞳を見て、私はどこかホッとする。

「そう、よかったわ……」

彼が義弟にならないのは残念だけれど、それ以上に彼には幸せになってほしい。たとえエリシラが彼のことを愛していても。たとえエリシラが、バジル様とのことを本気でなかったとしても。

もう私には、彼女の幸せを願う思いはこれっぽっちもなかった。

きっとあの二人は一晩中抱き合っているに違いない。とはいえ誰かに見つかってはまずいだろうし、使用人たちが起きる前に……夜明け前には部屋に戻ってくるだろう。

私もそれまでに部屋に戻っておかないと怪しまれる。一睡もできそうにないが、少しは横になっておかないと。

「それじゃあ……おやす――」

「待ってください」

どこか安堵《あんど》した気持ちで立ち上がった私に、ランディは声をかけてきた。

「アルビナ様はどうするおつもりですか？」

「そ、れは……」

ランディは、自分は婚約解消すると言った。

「私、は……」

その問いに即答できないことを歯がゆく思う。

目を伏せて、どう答えるべきか考えた。しかしなんの案も浮かばず困惑していたら、そっと手を握られた。驚いて顔を上げると、ランディも同じく立ち上がって私を見下ろす。

「もしよかったら、なのですが……」

幼かった弟のような存在は、いつの間にかこんなに大きくなっていた。

「協力していただけませんか？」

そう言って、ランディはギュッと握る力を強めた。

それからしばらくして私は部屋に戻り、そっと寝台の上に横になる。慣れ親しんだ寝台にもかかわらず、案の定私は眠れなかった。

結局、バジル様が部屋に戻ってきたのは日が昇ってからだった。どれだけの時間、肉欲に溺《おぼ》れていたのか……呆れたものである。よく誰にも見つからなかったものだ。

私を起こさぬようにと注意し、静かに部屋に入ってくる。

いっそ体を起こし、バジル様を詰問してやろうか。そう思ったのは一瞬。すぐに思いとどまって、私は寝たふりを続けた。

だめ。今はまだだめだ、今は我慢のとき。愚か者を演じはしても、愚か者になってはいけない。絶対終わらせるから。

そう決意を胸に、私は目を閉じるのだった。

◇　◇　◇

幼いころ、僕——ランディのそばには二人の女の子がいた。

同い年のエリシラと、みっつ上のアルビナ。

エリシラは、幼いころからとても可愛らしい容姿をしていて、誰もが彼女を愛した。可愛い可愛いとチヤホヤされるのを、彼女は無邪気な笑顔で受け入れていた。

アルビナ様は物静かで、落ち着いた雰囲気だった。そのせいなのか、それとも兄姉が優秀だったせいか、常にどこか一歩引いている感じがあった。人の言葉に敏感に反応しているようにも見えた。

たしかに彼女は、姉のリーリア様や妹のエリシラに比べれば少し地味かもしれないが、僕に言わせれば大差ない。彼女もまた、とても美しい人だと思っていた。憧れに似たような何かを覚えていた。

それがきっと僕の初恋だったのだろう。初恋は初恋のまま、いつの間にか終わりを告げ、僕はエリシラと恋に落ち、婚約した。

とても大好きな、可愛いエリシラ。

会いに行けば、いつも花が咲きほこるような笑顔で迎えてくれた。僕の話に興味深そうに耳を傾け、笑ってくれる。楽しい時間はいつもあっという間に過ぎていった。

——そして本当に、楽しい時間は終わる。

最近エリシラは性に目覚め始め、何かとそういった行為に興味をもつようになった。それどころか、僕とそういったことをしたいとまで言い出したのだ。

『それはよくない、そういうことは結婚してからすべきだ』

その言葉を聞いて、エリシラは不服そうに頰《ほほ》を膨らませる。可愛いその様子に折れそうになるが、そこはグッと心を鬼にして耐えた。

それでも彼女は会うたびに言ってきた。僕はその都度要求をつっぱねる。エリシラはどうも自分の可愛さを自覚し始めているようだ。そしてその顔のおかげで、誰もが自分の要求を呑むと思っている節がある。

せめて僕だけは強く対応しよう。そう思って彼女の誘いを断り続けた。結果、彼女は何も言わなくなった。納得したのだ、と僕は思っていた。

ところがある日、エリシラが別人になっていることに気づいた。いや、エリシラはたしかにエリシラだ。彼女本人であることに疑いはない。

ただ……彼女から漂う雰囲気が変わったのだ。どこか大人びた顔になり、なんとはなしに色香を感じた。明らかに昨日までの彼女とは違っている。

その瞬間、僕は唐突に理解した。彼女は……エリシラは大人になったのだと。

確証はなかった。僕が勝手にそうだと感じただけで、違うかもしれないから問い詰めることはできず、悶々《もんもん》とした日々が過ぎていく。

この疑念に対して、答えが出るのにそう時間はかからなかった。やたらとエリシラとアイコンタクトをとっている男の存在に気づいたのだ。

そしてエリシラの家に泊まった日のこと、ついにその夜が訪れた。

『バジル様……』

『エリシラ……』

喉が渇いたのだが、何かのミスで部屋に水差しが用意されていなかった。僕は仕方ないと部屋の外へ出て、見知った侯爵邸内を歩いていたところで……その声が耳に入ったのだ。

聞き間違いだろう。この屋敷には大勢の使用人がいる、男女の仲になる者も多いはず。自分の家でも、使用人同士で結婚した者は多い。

だが聞こえるのは、どう考えても使用人たちが住む部屋からではなく客間。そして今夜その部屋にいるのは、自分と同じくこの屋敷に泊まることとなったバジル——アルビナ様の婚約者となった男だ。

かすれて聞き取りにくかったが、聞き覚えのある女の声がバジルの名を呼んでいた。

同じ名前の別人かもしれない、どうか聞き間違いであってほしい。そんな願望をもちながら、そっと部屋の前まで近づく。扉の向こうからの声がより聞き取りやすくなる。

その瞬間、聞こえてきたのだ。

『エリシラ、愛している……』

『ああバジル様、私もよ。愛しているわ』

足元がガラガラと音を立てて崩れていくのを感じた。

扉は少し開いていて、その向こうの月明かりが差し込む部屋の奥に見えたのは、裸で絡み合う男女。それは、たしかにアルビナ様の婚約者であるバジルと、自分の婚約者のエリシラだった。

これは夢なのかもしれない。いや、どうか夢であってほしいと願った。

だが夢は覚めない。

呆然と部屋に戻った僕は見た光景が忘れられず、一睡もできずに朝を迎えた。

いっそ部屋に飛び込んでしまえばよかったが、そんなことをしたらすべてが終わるとどこかで理解していた。だから勇気を出せなかったのだ。

だって僕は……エリシラを心から愛していたから。彼女を失いたくなかったのだ。

頭を抱えてうなだれていると、ノックが聞こえた。返事をする気力もなくて黙っていると、気にせずノックの主が入ってきた。

バンッと大きな音を立てて入るや否や、『おはよう！』と元気な声で挨拶をしてくる。まだあどけなさの残る、大人になりきれていない少女――エリシラがそこにいた。

ひょっとして、昨夜のあれはやはり夢だったのかもしれない。そんな淡い期待は直後に霧散する。

『その首……どうしたの？』

首筋に赤い痕が見えた。震える指で示すと、彼女は慌てる様子もなく苦笑する。

『ああ、虫に刺されちゃったの』

虫に刺された？　それはどんな虫で、どのような刺され方をしたのか。問い詰めたい衝動にかられる。しかし。

『そうか』

実際の僕は結局何も言えないまま、それだけを返す。

僕はどこまでも臆病者だった。どこか大人びた顔になり、色香を感じるほど変化したエリシラを見て、ますます手放したくないと思ったのだ。

関係を知ったのちに調べてわかったが、エリシラとバジルは屋敷内だけではなく、外でも関係を持っていた。屋敷に泊まれる日がなかなかなければ、外の宿で逢瀬を重ねていた。いや、実際は逢瀬と言うよりも、常に肉体を重ねていたと言うべきか。

傍《はた》から見ればそれは恋仲ではなく、完全に割り切った関係だった。

少なくともエリシラはバジルに対して熱のこもった目で見ることはない。その対象は常に僕だった。それだけは確信があった。

きっと彼女は誰でもよかったのだろう。性に興味が出てきて、そういった行為が手っ取り早くできる相手がバジルだったのだ。

バジル・エルディア公爵。アルビナ様の夫となる予定の男。そいつが最初からエリシラに好意をもっていることはわかっていた。僕もエリシラに恋をしているからこそわかる。苛立ちを感じながらも、少々の優越感を覚えていたことも否定はすまい。

だがまさか、あんなことになると誰が思うだろう？

バジルは本気だ。本気でエリシラを愛している。救いなのはエリシラが本気じゃないこと。彼女はバジルを愛していない。

だから終わると思ったのだ。良識ある者なら、さすがに結婚すればそんな関係はやめると思った。信じていたのだ。

しかし、そんな僕の思いは簡単に踏みにじられた。

結婚後も二人は関係をやめなかったのだ。アルビナ様と結婚して頻度は減ったが、それでも二人は隠れて会っては関係を持った。

そしてバジルとアルビナ様が結婚して一ヶ月後、アルビナ様が里帰りをしてきた。

アルビナ様と話をして、様子を知りたい……そう思って、侯爵邸へ向かった。

『おや、こんにちは』

そうしたらまさかの男と出くわしたのだ。

『たしかランディ君……だったかな？』

男は何食わぬ顔で僕に挨拶をしてくる。

――僕が初めて殺意を抱いた男、バジルがそこにいたのだ。

憎い相手は平然と僕に話しかけ、侯爵家の人たちと会話する。アルビナ様に会いたかったからと、いけしゃあしゃあと言い放つ。そう言いながらも、その視線はアルビナ様を通り越してエリシラへ注いでいる。

そしてその夜、僕の杞憂《きゆう》は現実のものとなった。

関係が切れるという願いは叶わず、けれどある意味、予想通りの結果。

だがそこに予想外のことが起こる。エリシラの部屋へ向かった僕の前に、青ざめた顔の人物が立っていたのだ。ショックを受けるその姿にいたたまれなくなって、僕はそっと近づいた。

「しー。アルビナ様、お静かに。僕ですよ」

口を塞ぐと、驚愕に目を瞠《みは》る女性。その目の輝きに僕は思わず目を細めた。

ああ、アルビナ様は……やっぱり美しい。

僕が協力を申し出ると、彼女は戸惑いながらも躊躇《ちゅうちょ》なくうなずいてくれた。それが単純にうれしい。握った手は冷たくて小さかった――

第三章　それは愛か憎しみか羨望か

あちこちで色とりどりの花が咲き誇る、大きな大きな侯爵邸のお庭。

私――エリシラは鼻歌混じりに花冠を作っていた。小さな手ではなかなかうまくできなくて、メイドに教えてもらいながら時間をかけ、どうにかこうにか完成させる。それはところどころ花が潰れ茎《くき》もちぎれた、お世辞にも上手だとは言えない代物だ。

けれど私はそれを得意げに両手で掲げ、そして目当ての人物の頭にズボッとのせる。

『きゃ!?　え、エリシラ？』

『えへへ。アルビナお姉ちゃま、綺麗《きれい》ね！』

赤に青に黄色にピンク、そして紫の美しい花々。その花冠をのせたアルビナお姉様は微笑んでくれる。

『ふふ、ありがとうエリシラ。そうね、とっても綺麗《きれい》なお花ね！』

違う、違うわ、そうじゃない。綺麗《きれい》なのはお花じゃないの。綺麗《きれい》なのは、花冠をのせて笑うアルビナお姉様。お母様やリーリアお姉様よりも、誰よりも優しくて美しい人。

花畑の中心で微笑むアルビナお姉様は本当に美しい。

そして、大嫌いだった。

ランディがアルビナお姉様を好きだということはすぐにわかった。だって私は最初からランディが好きだったから。ずっとずっと好きで、大好きで。

だけどアルビナお姉様はたしかに美しいから仕方ない。私よりもずっとずっと綺麗《きれい》で、花冠がとても似合う。

だから敵わないと諦める。


「夢か……」

暗闇の中、私は目を開く。懐かしい夢を見たな、と寝台の上でボンヤリ思った。

いつの間にかランディは、アルビナお姉様を見るのをやめて、私に熱い視線を向けるようになった。子どもだった私は女からの告白なんて恥ずかしい……なんて思うこともなく、ただ素直に気持ちを口にした。

そしてランディは、はにかんだ笑顔で気持ちを受け入れてくれたのだった。

夢を見たからか、そんなことを思い出す。

素肌に直接感じるシーツの感触に眉をひそめ、私は天井を仰ぎ見る。

まだ部屋には月明かりしかない時間帯、隣からつい先ほどまで体を重ねていた相手、バジルの寝息が聞こえる。姉の婚約者が、自分と同じく裸体で眠りについていた。

体を起こした私は、そんな男の姿をなんの感慨もなく見下ろして、そのまま寝台を降りる。そして、脱ぎ捨てた夜着を身にまとった。本当は湯あみでもしたいところなのだが、この時間に無理な話だろう。

そもそも情事のあとにそれはまずい。自分たちの行為が人に知られるのはよくないと、いくらなんでもわかっている。

バジルと初めて関係を持ったのがいつだったかなんて、もう忘れた。

ただ、私はそういう行為が何を生むのか知りたかったのだ。愛がなくともおもしろいものなのか、楽しいものなのか……幸せなものなのか。

両親はとても仲がよく、貴族にしては珍しく愛人がいない。ランディの両親もそうだ。ブラッドお兄様もリーリアお姉様も伴侶《はんりょ》と仲がよく、同じく愛人がいる……という話を聞いたことがなかった。

ならば私はどうなのだろう。

ふと、そんな疑問が湧き上がった。

そういう行為に興味が湧いたときは、もちろんランディ以外とするなんて考えられなかった。だからしてみたいと迫ったのだ。だが彼は結婚するまではだめだと頑《かたく》なに拒否した。

それではおもしろくない。実におもしろくない。やりたいと思ったときにやりたいのだ。そうでなくて何がおもしろいのか。

けれど、ランディの気持ちは変わることはなかった。諦めきれない気持ちをどうしたらいいのか……そう悶々《もんもん》とする日々が続いたある日。

この男が——バジルが現れたのだ。

だらしない顔で眠るこの男は、初対面からずっと私に熱い視線を投げてきた。それでいて、時に切ない顔をする。それは決まってランディがそばにいるときだった。

ああ、この男は私に惚れているのだ……と、すぐにわかった。

いつからかわからないが、私は自分の容姿が優れていると自覚していた。長姉リーリアのように頭脳明晰《ずのうめいせき》とまではいかなかったが、容姿だけはリーリア姉様すらも凌《しの》いでいるのではないかと思う。

たとえ恋人や伴侶《はんりょ》がいたとしても、婚約者があろうとも誰もが必ず一度は、私に見とれて熱のこもった目で見つめてくる。

美しく生まれたのは、私のせいではない。囁かれる愛の言葉を私から求めたことはない。

なのに、どうして私が咎《とが》められるのか。

時に友人の婚約者が、恋人が私に告白してきた。当然私はそれを断った。けれど。

『私の婚約者の愛を踏みにじるなんて、どういう神経してるの!?』

『あの人に媚《こ》びた目を向けないで！』

『あんたが誘惑したんでしょう!?』

身分では私より下の令嬢たちが、こぞって罵《ののし》ってきた。

女とは不思議なものだ。絶対に自分の男は悪くないと思い込むのだから。

いつだって悪いのは私。ただそこに立っているだけで男の目を引く私が悪いらしい。そして告白してきたのは男のほうだというのに、私がそう仕向けたと勝手に思い込む。被害妄想がとても強い。

さらに謎なのが、断ったことに激高することだ。私にもランディという愛する人がいる。他人の恋人や婚約者に興味があるわけない。

『誘惑するほど暇人じゃないわ』

何もかも大嫌いだった。ただ目が合っただけで勘違いする男も、勝手に私を悪女に仕立て上げる女も。

『どいつもこいつも大嫌い』

当然、罰を与えた。下級貴族令嬢に至っては、お家取り潰しなんてこともあった。どこのなんて言う令嬢だったか忘れたけど。

しかし不思議と同格の、または上位の貴族はそういったことはなかった。さすがに節度があるということだろうか。

だというのに、バジルだけは違った。それは次姉の婚約者という立場ゆえか。頻繁にうちに来るから私と会う機会も多い。

諦めたいのに諦められない。そんな目で見てくるバジルは、私にとって都合がよかった。私に夢中な男、それも私にふさわしい上位の貴族。実に都合がよかったのだ。

結果、今の関係になった。

最初は、なんだこんなものかと思った。次は、こんなのが姉の婚約者なのかと呆れた。そして。

『こんな男は姉にふさわしくない。私が遊んで捨ててやろう』

そう思うようになった。こんな男は私のオモチャにこそふさわしい。

そこに罪悪感はなく、あるのは充実感だけ。欲求が満たされ満足だと感じる。こんなに楽しいのに、どうしてランディが嫌がるのか理解できない。

しかし、行為のあとに虚しさを感じるようになっていく。

そろそろ終わりにすべきだろう。アルビナお姉様とバジルが正式に結婚したら、さすがにやめるべきだろうと思っていた。

思ってはいたのだ。

そんな気持ちが変わったのは、バジルとアルビナお姉様が結婚してから。

バジルから初夜すら過ごしていないと聞いたとき、顔がニヤけて仕方なかった。笑いが止まらなかった。そのあとのバジルとの関係には、これまで以上に興奮を覚えるものとなった。

そして気づいた。

背徳感という名の美酒に。姉の婚約者ではなく、姉の夫という響きのなんと甘美なことか。

『もう戻れないわ。戻らない』

私はこの美酒を手放せない。

里帰りしてきた日の、姉の疲れ切った顔が私の心をムズムズさせた。私は笑いたいのを必死にこらえた。そしてその日も当然のようにバジルと関係を持った。

バジルは私を見るけれど、私はヤツに興味はない。ただこの背徳感を味わうためのオモチャ。

私が愛しているのは、ランディただ一人。彼と結婚したら、この関係はどうなるのだろう？　終わるのだろうか？

「いいえ、終わらない。終わらせない」

バジルだけでなく私も既婚者となったとき、この背徳感はどれほど最高級の美酒となるだろうかと考えるだけでゾクゾクした。楽しみで仕方ない。

「早く、早く」

その日が来ることを、私は心待ちにしている。

それに気づいているであろうに、姉は何も言わない。真実を知っているはずなのに、それでもなお私に優しく微笑む姉はやはり美しく、愛しかった。

そうして私は気づいたのだ。

美しかった、憧れだった姉よりも私はずっとずっと美しくなっていたのだと。

ああ、私はアルビナお姉様よりも、誰よりも愛されている。誰もが私を愛し、そして求める。

自分を愛してくれない夫の隣で、悲し気な光を宿す姉の姿に目を細める。

私はあなたよりも美しく成長したわ。あなたの夫ですら私を愛するわ。

ねえアルビナお姉様、悔しいでしょう？　うらやましいでしょう？

私が憎いでしょう？

「ならば私を見て」

愛しく憎いアルビナお姉様は私だけを見ていればいいのよ。

自分を愛さない男なんて放っておけばいい、そんなもの見なくていい。アルビナお姉様の美しさを理解しない男になんの価値があるというの？

嫉妬か羨望かわからぬままに、アルビナお姉様が私を見ることを望む。ただ、それだけを私は望むの。

第四章　愛すべき妹の素顔

あの悪夢の里帰りから三ヶ月が過ぎようとしていた。

私、アルビナとバジル様との関係はあいかわらず冷え切っており、夫婦の営みは元より、会話もろくにない。それでも一応彼の妻として公爵夫人らしく行動した。

夫人同士のお茶会はもちろんのこと、夜会にも出席した。夜会には夫婦で参加しているため、そのときだけ私たちは腕を組んで夫婦の仮面をかぶる。腕を組み、体が触れあっても……近いのに、とても遠い存在。

それが私たちの三ヶ月だった。

けれど私は努力した。妻として、毎日執務室にいるバジル様にお茶を淹《い》れてお持ちする。お母様から教わったお茶はお母様に及ばないまでも、それなりにおいしいと自負している。

最初は邪険にしてひと口も飲まなかった彼も、そのうち飲んでくれるようになった。

そして今日。珍しくバジル様から部屋に呼ばれたので、いつものお茶を用意して部屋に向かった。

——コンコン。

ノックするとすぐに返事があり、私は扉を開けて入る。茶器がのったトレイを持って、ともに来たメイドを下がらせると、私はその場で湯気の上がる温かいお茶を淹《い》れてバジル様の目の前に置いた。

バジル様はしばらく無言で、トントンと指で机を叩く。そして反対の手でスッとカップを手に取って、まるで自分を落ち着かせようとするようにお茶をひと口飲んだ。

三ケ月も一緒にいれば、冷え切った関係でもなんとなく彼の心情がわかる。彼は今、不機嫌だ。

「うまい」

「ありがとうございます」

お茶は褒めてくれるのね。それくらいの関係性にはなれたのだろうか。だからと言って喜ばしいとは思えないけれど。

半分ほど飲んで、彼はカップを置く。それからまたしばらく無言。そして、大きく深く重たいため息をついて私を見る。

なんだろう？　と小首をかしげて言葉を待つ私に、彼はようやく重たい口を開く。

「キミの実家から知らせが来た。エリシラが……」

「エリシラが？」

「ランディと……ついに結婚するそうだ」

その言葉に、私は息を呑んだ。

「正確には、エリシラが二十歳になってから、だそうだ」

「そう、ですか。結構急ですね」

ランディは先日二十歳になった。エリシラが二十歳になるのは三ヶ月後だ。

「本当にな。何もそんなに急ぐこともなかろうに」

苛立たし気な言葉の裏で、彼は何を思うのだろう。もしかしたら彼は、エリシラが結婚したら関係は終わるとでも思っているのかもしれない。思っているというより危惧《きぐ》している、だろうか。

エリシラはともかく、彼女を本気で愛しているバジル様に関係の終了が耐えられる？　夢中になっているのは彼だけなのに。

あの日から私はランディとひそかに連絡を取り合っていた。

彼の報告によれば、あいかわらずエリシラとバジル様は週に一度は会っているらしい。たしかにバジル様は不自然な外出が多い。会えば当然、事をなしているのだろう。

「お祝いしなければいけませんね」

「それは俺への嫌味か？」

「姉として当然のことです。しないほうが怪しまれます」

私が二人の関係を知っているからとはいえ、あなたの発言こそが嫌味ですよ。少しイラッとしながらも、それをおくびにも出さずに私は薄っすらと笑みを浮かべて答えた。

そんな私に怒りをぶつけるだけ無駄と感じたのか、彼はまた大きくため息をついて、ドサリと椅子にもたれかかる。お茶はすっかり冷めてしまった。

「淹《い》れなおしましょうか？」

「ああ」

冷めたものを捨てて淹《い》れなおすと、バジル様はそれを一気に飲み干した。

やけどしてないかしら。むしろやけどして話せなくなればいいのに。そんなことを考えるほど、私も強くなったものだ。いや、やさぐれたと言うべき？

「あの二人の付き合いは長いですからね。むしろ遅すぎるのではないかと。きっと二十歳を目処《めど》に、以前から準備していたのでしょう」

「あんな男のどこがいいのか」

その言葉に、私は軽く肩をすくめるにとどめた。ランディのほうがあなたより何百倍もいいです、と本当は言ってやりたいのだけど。まあそんなことを言ってやる義理はないし、言ったところで理解できまい。

「それでだな、次の休日に顔合わせをするとのことだ。そのつもりで準備しておけ」

「わかりました」

用件はそれだけだと言わんばかりに、バジル様はさっさと書類へ視線を戻す。私もまた何も言わずに、無言でカップを下げて部屋を出る。

扉を閉じる瞬間、目に入ったバジル様の顔。いつも以上に深い皺《しわ》が寄せられた眉間を見て、私は知らず知らずのうちに笑みを浮かべたのだった。

それから数日後、エリシラとランディを主役に両家族全員での顔合わせが行われた。

その食事の場で、バジル様はずいぶんと荒れていた。いや、別に暴言を吐くようなことをしたわけではない。

ただ、ほぼ会話もなく酒をひたすら浴び続ける。どうも彼は嫌なことがあると、酒に逃げる傾向にあるらしい。

「ほらバジル様、しっかりしてくださいな」

「……あぁ……くそ、飲みすぎた……」

両家がワイワイと盛り上がる中、一人黙々とお酒を飲み続けた彼は結果、ダウンする。公爵家の屋敷に戻るのは無理と判断し、私たちは実家に泊まることにした。

私の部屋に彼を運んでくれた使用人たちに礼を言い、下がらせる。寝台の上でだらしなく大の字になって寝そべるバジル様に近づき、その顔を覗き込んだ。

「なんともだらしない寝顔」

ヤケ酒の挙げ句、泥酔など愚の骨頂。よくこれで公爵家当主が務まるものだ。冷ややかにその顔を見下ろし、さて私も寝ようか……とはならない。私にはこれからやるべきことがある。

ひそかに持ってきていた夜着に着替え、ちょっと細工を施して……そして待つ。

賑やかだった屋敷内も、片付けなどで使用人たちが少し騒がしかった夜も、いつしかどっぷりと更《ふ》け静寂に包まれる。夜の闇の中で時計のチッチッチッという音だけが響く静けさが横たわっていた。

その中で私は待った。ただひたすらに待つ、そのときを。

遅いな……と、ウトウトしかけたころ。

――コンコン。

ノックの音が私の目を覚ます。

予想はしていたが、今日はさすがにないかなと思い始めていた。だけど、やはり来たか。

予想通りすぎて笑いが込み上げる。だがそんな顔で出るわけにはいかないので、貴族令嬢として培《つちか》ったポーカーフェイスを顔にのせ、私は扉を開けた。

「こんばんは、アルビナお姉様」

扉の向こうで笑みを浮かべてたたずむ存在。予想が的中して、私は内心ほくそ笑む。彼女の真意が知りたくて、今夜のことを計画したのだ。

「こんばんは、エリシラ」

深夜の部屋訪問だというのに、私がすぐに出たことをエリシラが訝《いぶか》しく思う様子はない。彼女もまた、私が起きていると予想していたのだろう。

だが彼女にとって予想外なことがひとつ。

「その姿……どうなさったのですか？」

エリシラが眉をひそめる。

「え、この格好が何？　何かおかしなところでもある？」

そう問えば、ますますエリシラの眉間の皺《しわ》は深くなった。明らかに不機嫌だ。

おかしくて笑いたいところだけど、私はあくまで白《しら》を切るのに徹する。首をかしげつつ、彼女を部屋に迎え入れた。

エリシラがチラリと向けた視線の先には……寝台の上でバジル様が大イビキをかいている。その姿を見て彼女はギョッとしたように目を見開き、次いで私を見た。そして私の胸元――大きくも小さくもない胸を惜しげもなく強調しているデザインの夜着――を見て、言葉を失った。

「どうしたの？」

「その痣《あざ》……」

エリシラが指さす先。私の胸の上部あたりには、暗い部屋でもハッキリとわかるくらいに赤黒い痣《あざ》が見てとれた。そう、明らかなキスマークの痕。

「あら、こんなにハッキリと……恥ずかしいわ。バジル様ったら酔った勢いで激しくされたから……」

気づかなかったというふうに、慌てて胸元をかき抱いて上を羽織る。オマケで頬《ほほ》を赤らめながら、バジル様に視線を投げて……そしてエリシラを見て苦笑を浮かべた。

「――はあ？」

低い、くぐもった声を出すエリシラ。彼女が私とバジル様を交互に見やる。

私は上はキャミソール仕様で胸元を強調し、下ははしたないまでに足をあらわにした夜着を着ている。全体にレースをあしらった黒一色のそれは、きっと私を艶《なま》めかしく見えるよう演出してくれているだろう。そして。

寝台の上には何も身につけていない、裸体のバジル様が横たわっている。一応下腹部はブランケットをかぶせて隠しているけれど。

誰が見ても、何があったか一目瞭然《いちもくりょうぜん》の状況を私は作り出した。案の定エリシラは何があったのかを勝手に推測し、プルプルと震えながら私を睨む。

私はその視線を大袈裟に受けとめる。

「まあ怖い。エリシラ、どうしたの？　そもそもこんな夜中になんの用なの？」

顔をしかめ、さも恐ろしいというように、私は泣き顔を作ってみせた。

「アルビナお姉様、バジル様と寝たんですか？」

「え？　……まあ夫婦ですからね。同じ寝台で寝るのは当たり前で……」

「そうじゃありません！」

夜中だというのに、そんな大きな声を出しては誰か来ちゃうわよ？

――それではおもしろくない。それじゃあおもしろくないの。まだこれからなのだから。

私はまず扉を閉めた。

「よくわからないけれど落ち着いて、ね？　ほら、お水でも飲む？」

そう言って、部屋の奥に据え置かれた椅子に座らせる。こんな夜中にはお湯を沸かしてお茶は淹《い》れられないので、常に用意されているグラスに水を注いで渡した。当然エリシラはそれに口をつけないけれど。

「どうしたの？」

エリシラの正面に座って、私はもう一度問うた。彼女は何も答えようとせず、ただ無言でうつむいている。

「いよいよ結婚となって、緊張して眠れないの？」

あくまで私は姉として、優しく声をかけてやる。

そうよ、私は優しい姉だから。いつもいつも末っ子のあなたの可愛いわがままに、付き合ってきたもの。あなたはそんな姉の気持ちを踏みにじったのよね。

そう言ってやりたいけれど、私は耐えてエリシラの言葉を待つ。

しばらくして、エリシラは顔を上げた。

「知っているくせに」

「え？」

上げた顔は……そこにあった顔は、私が知る幼さの残る可愛いエリシラではなかった。

それは女の顔。上目遣いに私を睨む。

——嫉妬。

それこそが浮かんだ目を、エリシラは私に向けたのだ。

その目を見た瞬間、私の中に喜びが湧き上がる。負の感情を覚えるエリシラに対し、私は思い切り笑ってやりたい衝動にかられた。きっとそれはさぞやスカッとするはず。

けれど私はあえて困惑した顔を浮かべてみせた。貴族令嬢として生きてきたのだ。感情を隠し、嘘の表情を浮かべるなど造作もない。

エリシラもまた貴族令嬢だというのに、末っ子として甘やかされたからか、そういったことに長《た》けていないようだ。なんとも素直に感情を出す。

「知っているって何を？」

「私とバジル様の関係よ！」

叫んで、エリシラはテーブルをバンッと激しく叩く。グラスの水がわずかにこぼれた。

その音で一瞬バジル様が呻《うめ》き声を上げて寝返りをうつものの、それ以上はピクリとも動かずに眠り続けた。

私はその様子をチラリと見てから、エリシラに視線を戻し首をかしげた。

「あなたとバジル様の関係？」

「そうよ！　私とバジル様が肉体関係にあること……知っているんでしょ？　バジル様がアルビナ

お姉様に伝えたと言ってたもの！」

「ああ……そうね。聞いたわ」

取り乱し大きな声を上げるエリシラに対し、私は冷静に答える。それが気に入らないのか、またエリシラはバンッとテーブルを叩いた。

「エリシラ、少し静かにしてちょうだい。それで？　私が知っているからなんだと言うの？　あなたは何をしに来たの？」

まあ大体の予想はついているけれど。

顔合わせが終わり、ご両親とともに帰ったランディは今夜この屋敷にいない。兄姉も自分たちの家に戻ったし、両親も使用人たちも疲れて熟睡しているだろう。

エリシラはこれから結婚に向けて忙しくなる。バジル様に会う機会はまずなくなるだろう。だからチャンスは今夜が最後。これを逃せば、落ち着くまでその『機会』はやって来ない。だと言うのに、どれだけ待ってもバジル様はエリシラの部屋を訪れなかった。当然だ、完全に酔い潰れているのだから。あれこれ言ってけしかけ、散々酒を飲ませたのは……私。

結果、エリシラはここへ様子を見に来た。そこまでして肉欲に溺《おぼ》れたいのか。なんともあさましい。

エリシラの思考を読んだ私は、彼女が部屋に来る前にいろいろ用意した。

バジル様の服を脱がせるのが一番苦労したけれど、おかげで寝台はよい感じに乱れている。施した細工のお陰で簡単にだまされてくれた妹に内心笑いが止まらない。

だが笑ってはすべてがおじゃんだ。私は努めて平静を装い、傷ついた姉を演じる。

「まさか結婚が決まったというのに、まだバジル様と関係を持とうとしたの？」

「アルビナお姉様には関係ないわ」

そう言ってプイッと横を向いた。頬《ほほ》を膨らませて拗《す》ねるその様はちっとも変わらない。幼いままのエリシラだ。しかし行動はちっとも幼くないし、可愛くもない。

私は心からのため息を深々とついて、そして問う。

「エリシラ……どうしてバジル様と？」

それこそが何より聞きたかった。

やったことは許せないし、許そうとも思わない。不貞行為に正しいも何もあったものではないのだけど、それでもせめて真っ当な理由があってほしい。

私に不満があったの？　私への当てつけだったの？　それともランディに不満があるの？　まさか本当に……バジル様を愛している？

どんな返答が来るのかとドキドキしていたら、そむけた顔を戻して私を見つめたエリシラは直後。

「だって退屈だったんだもの」

ニヤリと目と口元を歪《ゆが》めて笑う。

その目に、その言葉に、冷や水を浴びせられたような衝撃を感じた。血の気が引くのがわかる。

声が震える。

「退屈？　私に何か不満があったとか、バジル様を愛しているとかではなくて？」

「ハッ！　何それ笑える！」

ちっともおもしろいと思っていない言い方で、エリシラは鼻で笑った。

「アルビナお姉様に不満？　別にないわよ。アルビナお姉様も、お父様もお母様も……ブラッドお兄様にリーリアお姉様。み～んな私を可愛がってくれるもの」

そう言うエリシラの顔は、まるで小馬鹿にしたような顔をしている。

その瞬間、私はすべてを理解した。ああ、そうなのだと。

私だけではない、両親も、兄姉も。彼女の中ではみなが見下す存在なのだと理解し、怒りを感じる。

愛する妹に怒りを覚える日がくるなんて誰が想像しただろう？

「みんな末っ子の私をほんっと馬鹿みたいに甘やかしてくれる。子ども四人平等に愛情をと言ったって、やっぱり幼い子のほうが可愛がられるのは当然だけど……まあ私は特に可愛いからね」

そう言って、フフンとまた鼻で笑うエリシラ。そこに私の知る、家族を慕う可愛いエリシラはいない。

「バジル様。いいえ、バジル、そこの馬鹿男。会った瞬間にすぐわかったわ。あ、コイツ私に惚れてるってね」

「……」

「会うたびに熱を帯びた目で私のことを見てくるんだもの。ちょっと話しかけたら、すぐ鼻の下を伸ばして。間抜けったらないわよ」

いくら熟睡しているとはいえ、すぐそばにバジル様はいる。なのによくこんなことが言えたものだ。私は呆れて言葉が出ない。

それをショックを受けていると勘違いしたのか、エリシラは優越感に満ちた顔で私を見た。

「アルビナお姉様も憐れねえ。旦那が妹と関係を持っているなんて」

「……どうして？　どうしてバジル様と寝たの？」

「だから退屈だったんだってば」

吐き捨てるようにエリシラは言って、肩にかかった紫紺の髪をうっとうしげに払った。

「平凡な日々に退屈してたから、刺激を求めてそういう行為をしてみたくなったの。もちろん最初はランディに言ってみたわ。そしたらなんて言ったと思う？　婚前にそういう行為はよくない、だってさ。あったま固いのよアイツ！」

散々愛していると言っていたランディのことをアイツ呼ばわりして、エリシラはフンッと鼻を鳴らす。

「何度誘っても誘惑してもだめだったから……バジルならどうかな～と思ったの」

「思って、バジル様を誘惑したの？」

「誘惑なんてしてないわ。ただ彼の寝室に忍び込んで、寝ている顔を覗き込んだだけ」

「……裸で？」

「暑かったから脱いでいただけで、他意はないのよぉ？　なのに彼ったら興奮して襲ってきたの。まるで獣ね」

そう言って、エリシラはコロコロと笑った。

その瞬間、私の中に初めての感情が生まれるのを感じた。殺意を、初めて覚えたのだ。

「アルビナお姉様、バジルと寝たの？　そいつあなたにまったく興味ないとか言ってたんだけど」

エリシラは言葉を失う私に満足げな笑みを向けたあと、バジル様に視線をやった。

「……ひどい酔い方をされてたから、ね。……相手が誰とか理解されてないようだったわ」

「何それ、ウケる！　つまり、アルビナお姉様とわからずにバジルはあなたを抱いたの⁉」

「そういえば、うわ言のように……エリシラ、と……あなたの名前を呼んでたわね」

「あっはっは！　最高！　何それ最高におもしろっ‼　アルビナお姉様、本気で馬鹿じゃないの⁉」

笑いが止まらないエリシラは、いよいよお腹を抱えて笑い出した。

それを私は冷ややかに見下ろす。

そうね、あなたはそうやって笑うでしょうね。バジル様が心変わりをして私を抱いたのではないか、と思ったのでしょう？　もしそうなら、プライドの高いあなたは耐えられなかったでしょう。

許せなかったでしょう。

だがそうでないとわかれば、あなたはそうやって私を馬鹿にすると思ったの。本当のあなたは……そういう子なのよね。

本性が出るかしら？　と期待してたけれど、それは期待以上の結果となった。私の中の迷いを吹き飛ばすには、その態度は十分すぎる暴風だった。

私の冷え切った視線はエリシラが顔を上げたときには消えている。まだそれを見せてはいけない。

彼女の本性は見たが、まだ私は見せるつもりはない。

「ひどいわ、エリシラ……」

エリシラの目に映るのは悲し気に涙を浮かべる、気弱な姉だ。そうでなければいけない。

「旦那を寝取られるほうが悪いんだっつーの」

「……黙っていようかと思ったけど……これからも関係を続けるなら、ランディに話すわ」

「どうぞご勝手に。その場合、責任はウチになるからお父様とお母様が困るわね。あちらとは仲がよいのに関係は破綻。もちろん慰謝料も支払わなくちゃいけないし、体裁も悪くなって貴族として生きていくのは困難になるでしょうねえ」

まるで他人事のようだ。私がそんなことをしないと思っているのだろうか？

「私がこれからも黙っていると？」

「そうするしかないでしょう？　そもそも暴露すればアルビナお姉様だって、被害を受けるわよ。

夫が妻の妹と関係を持っているなんて、恥さらしもいいとこだわ。バジルは破滅するでしょうけど、私たちの実家も破滅。それがアルビナお姉様の望む未来なの？」

「……」

「できるわけがないわよねぇ、そんなこと。お互いの平和のため、どうすればいいかわかるでしょ？　いいえ違うわね、どうもしない、が正解よね」

言うだけ言って満足したのか、エリシラはスッキリした顔で立ち上がった。

「は～隠しごとって疲れるのよねえ。吐き出してちょっと楽になったわ。バジルとの夜を楽しめなかったのは残念だけど……まあいいわ。時間なんてまた作ればいいのだから」

「それはつまり、これからも関係を続けるってこと？」

「さてどうかしら。バジル次第なんじゃない？」

「……ランディは？　ランディのこと、愛していないの？」

「愛しているわよ」

意外にもエリシラは即答してきた。キッと強い目で私を見据える。

「愛しているわ。彼以外と結婚なんてありえない。これまでもこれからも、ずっと一緒にいたいのはランディよ。彼なしの人生なんて考えられない」

その言葉を聞いて私は驚く。

ランディへの思いを発するエリシラは、そのときだけはとても純粋にまっすぐな目をしていたから。そんな彼女を見ていたなら、まさかバジル様と不貞を行っているなんて誰も思わないだろう。それほどに強い光を宿した目をしている。

「そんなに愛しているのに……？」

それでもまだ、バジル様と関係を持つと言うの？

私がそう問うた瞬間、強い光は鳴りを潜めフッと細められた目は濁った黒いものを宿す。

「愛と行為は別物よ。ランディが満足させてくれたらバジルとは切れるだろうけど……彼はお坊ちゃまだからね、その可能性は低いかもね～。でも安心してよ」

そう言って、エリシラは私を見てニヤリと笑った。

「私がバジルと結婚するなんて永遠にありえないから。バジルは立場上、妻であるアルビナお姉様の存在は必要なはずよ。よかったじゃない、これからもバジルのそばにいられるのだから」

言うだけ言って、扉に手をかけるエリシラ。そのまま出ていくのかと思いきや、パッとこちらを振り返る。

「頑張ってね、アルビナお姉様」

「え？」

「愛してくれない夫のそばで。献身的な妻の役、頑張ってください」

「――!!」

言葉を失う私に満足したのだろう、クスクス笑いながらエリシラは出ていった。

パタンと扉が閉まる。エリシラの気配が消えてからも私はその場から動けず、ただ扉を睨み続けた。

ギュッと拳を握りしめる。

妹への情は完全に消えた。もう、私は今後の計画を実行することにためらいはしない。

「けっして、ためらわないわ」

迷いが吹き飛んだ私は、暗い部屋の中で一人そうつぶやいたのだった。

第五章　お披露目パーティー

あれからバジル様との関係に変化はない。

エリシラの結婚が決まり、酒の量が増えたバジル様を介抱することが増えたくらいか。そのせいか少し会話が増えた気もする。だが、それは大したものではなく、変化とは言えない。

私の憎しみが軽くなることはなかった。

エリシラとバジル様に関しては、さすがに忙しいのか二人が会う頻度はめっきり減った。そう、減っただけでなくなりはしなかったのだ。結婚準備だなんだと忙しい合間をぬって、うまいこと会っているらしい。

ランディから、そう報告を受けている。

実際バジル様に関しては行き先不明の外出が何度かあり、帰宅するたびに妙に満足げにしていた。

なんともわかりやすい人だと呆れるばかり。それとももはや隠す気もないのか。

そんな日々を過ごしている中、エリシラとランディのお披露目パーティーの招待状が届いた。

この国では、結婚式一週間前にお披露目パーティーを催《もよお》す習わしがある。式後は新婚となる二人の邪魔をしてはいけないという考えかららしい。

バジル様のお仕事が忙しいとのことだったので、私たちはお披露目パーティーを行なっていない。だが今ならわかる。そんなものをしようものなら当然エリシラが出席するだろうから、バジル様は行いたくなかったのだ。エリシラの気持ちはどうであれ、彼女に惚れているバジル様はたとえ表面上でも、私と仲睦まじい様子を見せたくなかったのだろう。

ただ、エリシラとランディのお披露目パーティーに、私はバジル様とともに参加する。バジル様は欠席したかっただろうが、立場上そうもいかない。もし欠席を許されたとしても、なんであれ愛するエリシラの姿を見ることができる機会。結局彼は参加したことだろう。

エリシラはいったいどのような姿を見せてくれるのだろうか。その姿を見て、私は平静を装っていられるだろうか。バジル様と夫婦を演じられるだろうか。

「……はぁ」

私は爪が手のひらに食い込むほどギュッと手を握り締めた。

ついに迎えたお披露目パーティーの今日。

大勢の貴族が招待され、会場の入り口は招待客でひしめき合っている。バジル様は家を出てから会場に到着するまで、馬車の中で終始無言のまま渋い顔をしていた。

会場に入り、私はすぐに兄姉と合流する。二人の伴侶《はんりょ》は、それぞれ久しぶりに会う知り合いのもとで話がはずんでいるようだ。バジル様もいつの間にかいなくなっている。

ブラッドお兄様たちと話しながら、チラリと視線を横に向けた。

その先には楽し気に会話するランディとエリシラ。友人たちに囲まれ幸せそうに笑う様は、誰が見てもお似合いのカップルだ。

だがエリシラはともかく、ランディの心中はきっと穏やかではないだろう。私が真実を知る前から、彼はずっと苦しんできた。それを隠し続けることは、さぞ苦痛を伴っただろう。

だけど、それは今日、報われる。そしてそれは私も同じこと。

ああ、やっとだ。……やっとすべてを、終わらせられる。

私はそっと胸に手を当てて、これから起こることに思わず胸を躍らせる。ウットリと、恍惚《こうこつ》と。

それでいて壮絶に、私は笑みを浮かべた。

「みな様、本日はお越しいただきありがとうございます」

パーティーが盛り上がってきた頃合いで、ランディの父である侯爵様の挨拶が始まる。ランディとエリシラのもとに両家の侯爵夫妻が近づいて、招待客に視線を投げた。

侯爵様は二人の馴れ初めを始めとして、これまで長く育まれてきた二人の愛について語る。

私はそれを右から左へ聞き流しながら、真横に立つバジル様に視線を向けた。侯爵様の話が始まると、兄姉の伴侶《はんりょ》が、そしてバジル様が戻ってきたからだ。いったい今までどこに姿をくらましていたのだろう。まあ察するに、ランディとエリシラのツーショットを見たくなくて、バルコニーにでも逃げていたといったところか。

私の横に立つバジル様と微妙な空間が空いている。近すぎず、さりとて夫婦としてともに立つのに怪しまれるほどの距離ではない、絶妙な距離感。妙なところで器用だわ、と思いながら見上げると、彼の表情は無だった。

話し続ける侯爵様の横にたたずむランディとエリシラを見て、バジル様はいったい何を思うのか。時折、刺すような睨む目つきになるのを見て、思わずクスッと笑ってしまう。笑って視線を前に向ける。

そのとき……一瞬、ほんの一瞬だけランディと目が合った。その一瞬に私は笑みを浮かべ、ランディは小さくうなずく。小さな、小さすぎる合図に気づく者はいない。

「それでは、若き二人の前途を祝して……乾杯！」

侯爵様がそう言って、グラスを掲げる。それに倣《なら》ってみんなが乾杯！　と口々に言ってグラスを掲げた。すぐに口をつけて一気に飲み干す者、少し含むだけの者、口にしない者、さまざまな人たちがいる中、私もグラスを掲げて口につけた。

その瞬間、グラスがスルリと手から滑り落ちる。

――カシャアン……！

支えを失ったグラスは一瞬で床へ到達し、激しい音を立て粉々に砕けた。会場内にグラスの割れる音が響き渡る。先ほどまでの喧騒が嘘のようにシンと静まり返った。

私の視界の隅にはグラスを落とした私を、不快げに睨むバジル様の顔が見える。

「何をして――」

「う――」

責める言葉を投げようとするバジル様を遮るように私は苦し気に眉根を寄せ、口元に手を当てる。

そしてそのまま倒れ込むように床にうずくまるのだった。

＊　＊　＊

「おめでとうございます、ご懐妊です」

「――は？」

会場である大広間とは別にある、医務室。そこで待機していた侯爵家お抱えの侍医は、にこやかにそう告げた。間抜けな返事をしたのはバジル様だ。

「詳しいことはちゃんとした設備で検査してみないとわかりませんが、おそらく三ヶ月くらいかと」

お医者様はそう言ってバジル様を見て、私を見て、背後の家族を見た。気持ち悪いと言って会場を出た私を心配したお母様とリーリアお姉様、そしてバジル様が付き添ってくれたのだ。まあ、バジル様は建前上だと思うけれど。

「まあああああ！　おめでとう、二人とも！」

驚きながらもうれしいのか、涙を浮かべてお母様が抱きしめてくれた。「まあ」の多さに喜びの大きさが見えるようだ。

「ついにあなたたちも親になるのね！　おめでたいことが続くわねえ……本当におめでとう！」

そう言って、高揚した顔で祝福してくれるリーリアお姉様。チクンと胸が痛むのを私は気にしないようにして笑顔を返す。

「バジル様？」

対して彼は呆気にとられ、間抜けにポカンと口を開けて立ち尽くす。そんな顔を見るのは初めてだわ、と笑いたくなるのをこらえ、私は彼の名を呼んだ。

だが、返事はない。放心状態というヤツだろうか。

それを見てお母様がクスクスと笑う。

「ふふふ、殿方はこういうの、なかなか実感がわかないものですからね。おめでとうございます、公爵様。あなた、父親になるんですよ？」

「え、あ、はあ……」

お母様に話しかけられても、バジル様は気の抜けた返事しかしない。魂が抜けてしまったのかしら。

「バジルさ――」

「アルビナお姉様、大丈夫ですか!?」

名を呼ぼうとした、まさにその瞬間。けたたましい音を立てて扉から入ってきたのは、本日の主役であるエリシラだった。その背後には同じく主役のランディ。お父様やブラッドお兄様もいた。お医者様は席を外す。

「エリシラ⁉　ランディも……あなたたち、パーティーは？」

「アルビナお姉様が心配で……今小休止のようなタイミングだから抜けてきたの！　ねえアルビナお姉様、大丈夫？」

お母様の問いに早口で答えたエリシラは、私の横に座ってグッと体を近づけてきた。というより圧《の》しかかるような勢いだ。ちょっと重いと顔をしかめても、エリシラは引かない。心配そうに私の顔を覗き込むその様は、かつての愛しい妹の顔。

私以外にも家族がいるからだろう、こうしてこれまで妹は私たちをだましてきたのだ。その目の奥に光るものは、けっして私を心配しているようには見えないというのに。濁った光に気づかなかったとは自分が情けない。

そして平然と表情を作れる妹に、ある意味感心してしまう。

――まったく大した演技力だこと。

心の中で冷ややかにそう言って、けれど表面上は笑みを返しておく。グイグイ近づくエリシラを押さえるように、お母様が声をかける。

「エリシラ、アルビナは今大事な時期なのだから。そんなふうに体重をかけてはだめよ」

「え？」

エリシラはその言葉の意味するところがわからず、キョトンとした顔をお母様に向ける。そんな妹に向けて、お母様は伝えた。

「アルビナはね、母親になるのよ」

「――は？」

エリシラの間抜けな声が、やけに室内に響いた。

「母親に？　どういうこと？」

本当にわからないのか、わかりたくないのか。ただポカンとするエリシラに苦笑して、お母様がもう一度告げる。

「アルビナはね、懐妊したのよ」

お父様やブラッドお兄様が涙を浮かべて喜ぶ。祝福の言葉を私はもちろんのこと、バジル様にも送ってくれる。

だが、エリシラだけは違った。

「懐妊？　それってつまり、妊娠？　え……アルビナお姉様、子どもができたの？」

「そうよ」

「誰との？」

呆然としながら問うてくるエリシラに私がうなずくと、彼女はとんでもないことを聞いてくる。

誰とのって、あなたね……みんなの前でそういうこと言うの？

さすがに予想外な問題発言に、私のほうが焦ってしまう。エリシラは自分から秘めごとをバラしたいのかしら。焦りすぎて、うまい言葉が見つからなかった私をよそに、お母様がカラカラ笑いながらエリシラの腕をペチンと叩いた。

「もう、何言ってるのよ、この子は！　バジル様に決まっているでしょ？」

天然なお母様の娘もまた、天然だと思われたのか。お父様もブラッドお兄様も苦笑している。

「まだ三ヶ月くらいだから安静に、ね。アルビナはパーティーはもういいから、ここで休んでなさいな」

「大丈夫です。休んだら楽になりましたから。もう少し休んだら会場に戻りますわ」

「そう？　あまり無理はしないでね」

「はい、お母様」

今夜の主役と関係者がずっと不在なのは問題だろう。私はみんなに戻るよう促した。さすがにバジル様は付き添って残るようだけど。というか、お母様に「娘をよろしくお願いしますね」と言われては、会場に戻るわけにもいかない。

「エリシラ、あなたも――」

「アルビナお姉様が心配だから、少しだけ様子を見て戻ります。ランディ、ちょっとの間だけ……ゴメンね？」

エリシラはそう言って、小首をかしげて申し訳なさそうな顔をする。そんな様も文句なしに可愛いときているから……本当にたちが悪い。

そんな彼女にわかったとうなずいて、ランディも会場に戻っていった。

私とバジル様とエリシラ、その三人だけが残される。

扉が閉まり、みんなの足音が聞こえなくなった途端、エリシラはパッと私から離れて立ち上がった。

「ふ～～～ん」

「エリシラ？」

「バジル様も隅に置けませんねえ。私と姉の二人を相手にしていたと。そういうことですか」

エリシラはジトリと睨み、嫌味な言葉を吐く。先ほどまでの純粋に見えていたエリシラは、どこへ行ったのか。

その言葉に慌てたのはバジル様だ。

「なっ！　違う！　俺はこの女を抱いたことなど一度もない！」

この女、その言葉に少しだけチクリと痛む。もう慣れたとはいえ、わかっていることとはいえ、それでもあんまりでは？　形だけとはいえ私はあなたの妻なのに。相も変わらぬひどい扱いに、ウンザリする。

しかしバジル様に言い返したのは私ではなく、エリシラだった。

「あ～らそう？　でも一度はヤってるじゃない」

エリシラはそう言って、ニヤリと嫌味な笑みを浮かべた。ただ、その目はまったく笑っていない。

バジル様はすごい勢いで首を横に振った。

「そんなことは一度もない！　俺はアルビナとそういうことは一度もしていない、しないと言っただろう!?　俺はエリシラとしかしていない！　愛するエリシラとしか……」

「あ、もうそういうのはいいので～」

必死に言い募るバジル様に対し、エリシラは興味なさげに手をヒラヒラ振って言葉を遮る。

「エリシラ……？」

「たしかちょうど三ヶ月前くらいでしたよねえ。結婚前の顔合わせをしたの」

「あ、ああ……」

「あの日のこと、バジル様覚えてますぅ～？」

憎たらしい伸ばし言葉でバジル様に話しかけるエリシラ。バジル様は顔を青くする。私は黙って二人を見ていた。

「あの日……？　顔合わせのあの日は、たしかずいぶん酒を飲んで……多分そのまま寝てしまったと思う。キミの部屋に行くつもりだったのに……すまない」

覚えているはずがない、完全に泥酔していたのだ。妻の前で妹の部屋に行けなかったと詫びる無神経さに私の眉がピクリと動くが、申し訳なさそうにうつむくバジル様は気づかない。

力なさげなバジル様の言葉を、エリシラは鼻で笑った。

「フンッ、よく言うわよ。本気で覚えてないの？　あなた酔いすぎて正気を失ったの。その状態で、アルビナお姉様を抱いたのよ」

「そんな馬鹿な！」

「酔って私と間違えたとかどうでもいいけどさ、胸元にキスマークまでつけちゃって。時期的にそのときの子どもじゃないの」

今やバジル様の顔色は青を通り越して白になっていた。彼にとってエリシラに嫌われることは……捨てられることは、それほどまでに恐ろしいのだろう。

「違う。俺は何もしていない」

バジル様はブツブツ言い続ける。

エリシラはそれを冷めた目で見てからクルリと私のほうを振り返った。

「おめでとうございます。アルビナお姉様、これでバジルは完全にあなただけのものになりましたわ」

「と、いうと？」

「子持ちの男に用はありません。バジルと私の関係はこれにて終了です。はい、おめでとー！」

そう言ってエリシラは一人でパチパチと拍手をして、扉へ向かった。用件は済んだとばかりに、会場に戻るのだろう。

だが、それを許さない者がいた。

「ま、待ってくれ！」

ガシッとエリシラの腕を掴む者。そう、真っ青な顔のバジル様だ。

「ちょっと！　なんなのよ、離して！」

「待ってくれエリシラ！　俺が愛しているのはキミだけなんだ！」

エリシラはうっとうしげに眉間に皺《しわ》を寄せ、バジル様を睨む。腕を振りほどこうとしたが、力強く握られているのだろう、その手はけっして離れない。むしろ強まっているのではないだろうか。

痛みに顔をしかめるエリシラに、バジル様は必死で言いつのる。

「これは何かの間違いだ！　たしかにあの日の晩の記憶はないが、だがいくら酔っていても、アルビナを抱くなんてそんな馬鹿なこと……」

「間違いでもなんでもないわよ。私、この目でちゃんと見たんだから」

正確にはエリシラは情事のあとと思える状態を見ただけだが、どうやら彼女の中では私とバジル様が抱き合っている姿を見たことになっているらしい。妄想を越えた現実として、記憶変換されているようだ。

自分が誘導したこととはいえ……そう思わせるよう細工したとはいえ、その想像はやめてほしい。思わず自分でも、私とバジル様が抱き合っているのを想像してしまい……吐きそうになる。

バジル様はあいかわらず青い顔のまま、けれどエリシラの手を離すことはしない。

「そ、そんな馬鹿な……いやしかし、たしかに覚えていないし、そういったことがあったのかもしれない。だが！　だからと言って、俺たちの関係を終わらせることはないだろう⁉　その必要はない、俺たちはこれからもずっと……！」

その言葉の意味するところ。それはつまり、バジル様はエリシラが結婚後も関係を続けるつもりでいた。バジル様はそう告白したも同然だ。

――ずいぶんふざけた話ですこと。

不快で目を細める私の存在を忘れた二人の会話は続く。

「私もそのつもりだったんだけどさ～」

肩をすくめ、バジル様の言葉に同意を示すエリシラ。

そうか、やはりエリシラもまた、結婚後もバジル様との関係を続けるつもりだったのね。すごい二人だ。なんともまあ、いろいろ呆れるというか。呆れを通り越して笑えてくる。

完全に存在を忘れられた私は、ボーッとしながらそんなことを考えていた。

「だったら！」

バジル様はエリシラの意思に安堵《あんど》の表情を浮かべて彼女の両腕を掴む。おそらくそのまま抱きしめようとしたのだろう。

だが、エリシラはその腕からスルリと簡単に逃れる。慌てて追いすがろうと手を伸ばすバジル様に対して、シッシッというように邪険に手を振って退けた。

「でもね、さすがに子持ちの男はないわ。まあ私はこれからランディとラブラブできるし？　それこそ堂々と、一晩中でもイチャイチャできるし？　子持ちのオジサンに用はないわ」

一晩中……その言葉に眩暈《めまい》がする。そう言えば二人は一晩中、事をなしていたものね。それをランディに求めるというのか。若いとはいえ大丈夫だろうかと、ランディが心配になってくる。

……まあそれはいらぬ心配なのだろうけど。

ところで二十二歳のバジル様はオジサンなのかしら。そこが一番気になってしまう。エリシラと一晩中過ごしていたのだから彼もまだまだ若いと思うが、エリシラにとって年上はすべてオジサンになってしまうのかもしれない。

いろいろ言いたいことはあるけれど、私が口を挟む暇はない。二人の言い争いは続く。

それでもエリシラの冷たい態度が変わることはなかった。所詮彼女にとって、バジル様は遊び相手ということはこれで明白。面倒になったら切り捨てるだけなのだろう。人の夫をなんだと思っているのか。

だが本気のバジル様は簡単には引き下がらない。

「嫌だ！　エリシラ、俺を捨てないでくれ！」

しまいには、涙を流してエリシラに縋《すが》りついた。

「いい加減にしてよね！　私はあんたなんかと一緒に破滅する気はないんだから！」

エリシラはひたすら自分のことしか考えず、バジル様を邪険に扱う。

「エリシラあぁぁっ！」

「離してっ！」

なんとも間抜けで滑稽な状況だ。

「エリシラ！　愛しているんだ！」

しばし静観していようと思ったが、少し不安になってきた。

何せここは会場から離れているとはいえ、同じ建物内なのだ。人が通る可能性はゼロではない。そんな大声を出して、誰かに聞かれたらどうするつもりなのか。

ところが話に夢中の二人には、そこに気を配る余裕はないらしい。

私はそっと立ち上がり、扉の外を覗いて……誰もいないことを確認し、そのまま扉を閉めた。扉を閉めてしまえば、防音はしっかりしているので大丈夫だろう。ハアとため息をついて再び腰かけた。もし聞かれたら騒ぎになってしまう。

そう、二人の関係がこんな形で明るみに出てもらっては困るの。そんなつまらない展開は非常に困る。

このあとの計画があるのだから。

だがこの様子では、まだ収拾がつきそうにない。仕方がないかと、またため息をついて私は立ち上がった。とりあえずこの場をおさめるため、二人をなだめるために声をかけようとした……が、それより早く事態は動く。

エリシラが、どうにかバジル様の手を振りほどいたのだ。振りほどき、ドンッと力いっぱいつき飛ばす。体を支えられずバジル様はお尻をしたたかに打って倒れ込んだ。低い呻《うめ》き声が上がる。

痛みに顔をしかめるバジル様を、エリシラはまるで汚いものでも見るかのように見下ろした。

「いい加減にしなさいよ！　私たちの関係はあくまで感情を伴わないもの！　あんたが私をどう思っていようと関係ない、私があんたを愛するなど絶対に！　永遠に！　ないのよ！」

「そ、そんな……エリシラ……！」

絶縁宣言をくだすエリシラはとても醜《みにく》かった。いびつに歪《ゆが》んだ口、細められた瞳は濁った光を宿し、まるで魔女のようだ。

それでも、バジル様は彼女に縋《すが》りつこうとする。伸ばされた手を、エリシラは思い切り蹴飛ばした。またもバジル様の呻《うめ》き声が部屋に響く。

「あんたみたいなのが、可愛くも美しい私を抱けただけ、ありがたいと思いなさい！　金輪際《こんりんざい》私に近づくんじゃないわよ、いいわね!?　もし近づいたら変態に付きまとわれてるって訴えてやるわ！　誰かに話しても無駄よ、どうせ私たちの関係を裏付ける証拠なんて何もないんだから!!」

そう言って、エリシラは乱暴に扉を開けて出ていってしまった。いや、出ていこうとした。だが扉に手をかけた状態で、ピタリと動きが止まる。

「エリシラ……？」

思いとどまってくれたのか？　とでもバジル様は思っているのだろう。慌てて立ち上がり、エリシラに駆け寄った。

けれど拒絶の言葉のあとなので、すぐには手をかけない。様子を窺うように手をそっとエリシラの肩にかけようとした――まさにその瞬間。

「う……」

「う？」

エリシラは口を押さえてしゃがみ込む。

「うえええええ……!!」

そのまま嘔吐したのだった。

＊　＊　＊

「おめでとうございます、ご懐妊です」

「――は？」

またも侯爵家の侍医による告知のあとの、間の抜けた声。ちょっと前にも似たようなシチュエーションがあった気がするなと、デジャブかと首をかしげたくなる。

先ほどと異なるのは、間抜けな声を出したのが、今回はバジル様だけではなかったこと。この場にいるほぼ全員によるもの。私とランディを除く、家族全員が間抜けな声を出したのである。

エリシラが吐《と》しゃ物《ぶつ》まみれになった——とは言わなかったが、エリシラが嘔吐したことを、会場に戻った家族に伝えたのがつい先ほどのこと。エリシラはその間に急いで着替えたらしい。

慌てて私の両親とランディ、そしてランディの両親もなんだなんだと、狭い医務室に大人がゾロゾロやってきたのだ。兄姉は会場に残り招待客の相手をしてくれていた。

実に狭く息苦しい状況。幸いにも私は妊婦ということで座らせてもらえた。そんな中で、お医者様のお告げがあったものだから、みんなポカンとなるのも仕方ないというもの。

まさに天からのお告げにも等しい。青天の霹靂《へきれき》。

いや、エリシラにとっては少し違うかもしれない。死の宣告と言ったところか。

「え、ちょ、ちょっと待ってくださいな。アルビナの妊娠に続いてめでたい話なんでしょうが……え、あら？　めでたい？　えっと、めでたい……んですよねえ？　いえ、めでたくない？　いえ、めでたい？」

お母様、少し落ち着いてください。気持ちはわかるけれど、お母様の混乱ぶりは大きかった。

「ん？　え？　あ、ああ……めでたい？　いや、めでたい……のか？　めでたいんだよ、なあ……？」

そしてお父様。娘をもつ父としては非常に複雑な心境で、頭が混乱するのはわかります。だからといって、ランディの父の顔を見て同意を求めるのは、やめてあげてください。ほら、侯爵様が困り顔をなさっているじゃありませんか。

「ええっと、つまりあれですか。あれがあれしてあーなって……あれなんですよね？」

どれですか、ランディのお母様。みんな混乱しすぎです、落ち着いてください。

「ランディ、あなたエリシラと婚前に、その……そういうこと、しちゃった……の？」

恐る恐るランディのお母様が問うた。ちょっと困り顔なのは……まあ、ね。息子が婚前に実はそういうことしてたって思うと、母としては複雑なんでしょうね。

いくら婚約していたからといって、婚前交渉はあまりよろしくない。実際は婚前交渉するカップルなんているけれど、そこは立場上、子どもはできないように努めるのが貴族社会の常識だ。それゆえ、両家の親がともに混乱している。

まあ実際はランディとではなく、そこにいる……私の阿呆な夫と、なのですがと声を大にして叫びたい。

当然、バジル様とエリシラの関係を両家の両親はともに知らない。以前は知っているのではと疑心暗鬼《しんあんき》になったこともあったけれど、今は兄姉も含め、誰も知らないと確証を得ている。

それほどうまく、巧妙に二人は関係を隠していた。

だから両家の親はエリシラの相手、お腹の子の父親はランディだと微塵《みじん》も疑わない。

しかし、実際はエリシラとランディは婚前交渉などしていない。これは揺るぎない事実だ。その事実を知る者は、極少数――私とバジル様にエリシラ。そして。

「あ、えと……な、何かの間違いでは？」

エリシラは真っ青な顔でお医者様に確認する。だがその目はお医者様ではなく、彼女の横に立つ人物に向いていた。

見たいけれど見たくない、けれど見たい。蒼白な顔のエリシラが、恐る恐るチラチラと視線を向ける先。

そこには、婚約者のランディが無表情で立っていた。

そう、私たち三人以外で事実を知る人物。エリシラとランディが婚前交渉していないことを知る最後の一人がいる。

もうすぐエリシラの夫となる人は無表情、無言でその場につっ立っていた。いっそ責めるような眼差しを向けられたほうが、エリシラもマシだったのかもしれない。

そのあまりに無の状態のランディに、エリシラは目に涙をジワリとためるのだった。

「いいえ、間違いありません」

エリシラの泣きそうな顔をどう解釈したのかわからないが、お医者様はにこやかに言ってのけた。

いよいよもってエリシラは魂の抜ける寸前の死にそうな顔になる。

どす黒い思いを私は微塵《みじん》も表情には出さず、ただ薄笑いを浮かべてエリシラを見つめた。

「嘘よ！」

不意にエリシラが立ち上がり叫ぶ。

「子どもなんて嘘よ！　そんなの、そんなのできるわけ……！」

血相を変えて必死に叫び続ける。

両親には、婚前交渉がバレて恥ずかしいと思っているかのように映ったらしい。お母様が落ち着かせるようにエリシラの背を優しく撫でる。

「あらあら……落ち着きなさい、エリシラ。みんな怒っているわけじゃないのよ？　まあちょっと驚きはしたけど……たしかに婚前にそういった行為はあまりよろしくないわよね。ほら、お父様ったら魂が半分抜けているじゃない」

そう言ってお母様が指す先には、なんだか遠い目をしているお父様。薄ら笑いが浮かんでるのがちょっと怖い。まあこういうときの父親なんてきっと貴族庶民関係なくこんなものだろう。

「お、お母様、あの、これは……」

そうではないと叫びたいエリシラだが、どう説明してよいのかわからず口ごもる。それに対して、カラカラと笑うのはお母様だ。

「でもね、別にいいじゃない。他の殿方との子どもだったら大問題だけれど。今日はめでたい結婚直前のお披露目パーティーなんだし、おめでた続きなことを素直に喜びましょう。ね？　ね、あなた、あなたも意識を戻して、二人を祝福してくださいな」

そう言ってお父様の体をお母様は揺さぶった。さすが天然のお母様。何気なく放った他の殿方との子どもなる発言が、見事にエリシラの胸につき刺さっている。あまりに強烈な一撃に、胸を押さえながら能面となるエリシラは、もはや死のマスクをつけているようだ。

しかし、そこで黙り込むのはまずいと思ったのだろう。エリシラは慌てて隣を見やる。そこには今も無言でたたずむランディがいた。その彼の服を掴み叫ぶように言った。

「違うの、違うのよ。ランディ！　これはきっと何かの間違いで……」

どうにか妊娠ではないと信じてほしいのだろう。でなければ、不貞が明らかになってしまう。そうなれば……もちろん結婚はなしになるだろうから。

きっと今エリシラは必死だ。今までの人生で最も必死になっている。

――そしてその必死さは、実を結ぶ。

服を引っ張られ、それまでなんの反応も示さなかったランディが動いたのだ。ゆっくりと首が動き、その目がエリシラをとらえる。

何を言われるかと恐れているのだろう、エリシラは涙を浮かべる。そんな彼女に向けてランディはニッコリと微笑みかけた。

「何がだい、エリシラ？」

「え……」

「何も間違っていないだろう？」

何を言われているのかわからないエリシラは、ランディの顔をただ凝視《ぎょうし》するのみ。その笑顔の裏にある意図を、必死で読み取ろうとしているのだろう。

だがランディはいつものように優しい笑みを浮かべたまま、エリシラの頭を撫でた。

「ごめんね、もっとキミの体を大切にするべきだった……いや、大切にしていたつもりなんだけど。やっぱりそういう行為をしたら完全なんてないんだね」

「ラ、ランディ……？」

「でもうれしいよ。エリシラとの子ども、早く欲しいと思っていたから。僕はとてもうれしい。幸せだよ」

そう言って、ランディはギュッとエリシラを抱きしめる。

予想外の展開にエリシラは口をパクパクさせ……結局何も言えずにランディを抱きしめ返した。

ポロリと流れた涙は喜びによるものか、安堵《あんど》によるものか……

そんな二人を見て、両家の親はみんな祝福の拍手を送る。流れで私も拍手しておこう。盛り上がる親と温度差のある、冷めた気持ちで拍手をしながら私はチラリと視線を横に向けた。みんなが祝福の拍手をする中で、唯一していない人物を。

蒼白な顔で棒立ちになる、夫であるバジル様を見ながら、私はニヤリと笑った。

祝福の拍手のあと、両親は「大丈夫そうなら会場に戻ってきてね。無理ならいいのよ」と言い残して会場へ戻っていった。

多分……いや絶対にだが、五分後には会場の全員がエリシラの妊娠を知り、さぞや盛り上がるだろう。貴族としては婚前交渉したことを公《おおやけ》にするのはどうかとも思うが、両親はいずれわかるのだからと、隠すようなことはしないだろうから。

案の定、しばらくして会場からどよめきが聞こえてきた。医務室と会場は少し離れているのに。

その騒ぎを確認してから、私はそっと医務室の扉を閉めた。途端に喧騒は止み、静寂が部屋を包む。

医務室に残されたのは、私たち四人のみとなった。

エリシラとランディは、今は据え置かれたソファに並んで座っている。

その斜め後ろには、背後霊が一人。いや、正確には背後霊のように血の気の引いた、実に顔色の悪いバジル様が立っていた。青白い顔に血走った目。短時間のうちに、ずいぶんとゲッソリしたバジル様はまさに幽霊そのもの。

バジル様の存在など目に入らぬエリシラとランディは、神妙な面持ちで座っている。

私はそっと二人から離れた椅子に移動した。なんだかワクワクしている自分がいる。

このあと二人にどういう展開があるのか、どういう会話がなされるのか。それを期待し、私は黙って待った。

ややあって、エリシラが口を開く。

「ランディ、あの……」

「いいんだよエリシラ、わかっているから」

責められると思っていたのだろう。予想外の言葉に、エリシラは目を見開いてランディを見た。

彼はそれにニコリと笑みを返す。

「ランディ？」

「相手は誰だ、なんて問い詰めるつもりはないよ。ただこれだけは確認させてほしい。エリシラ、キミは僕のこと愛している？」

「愛しているわ！」

即答するエリシラに、ランディは満足げにうなずいた。

「であるなら、僕は何も言わない。キミのお腹にいる赤ちゃんは僕らの子どもとして育てよう。大丈夫、キミの子なら僕はちゃんと愛せるから。だからこれからもよろしくね？」

そう言って微笑むランディの顔を見て、エリシラは目にブワッと涙を浮かべた。すぐにそれは溢れてこぼれる。

「ランディ！　ありがとう、ありがとう！　愛しているわ！　これまでもこれからもずっとずっと、あなたのこと、愛している！」

「うん、僕も愛しているよ」

熱い抱擁《ほうよう》を交わす二人。ちょっとした寸劇レベルのやり取りに、拍手すべきか悩んでしまう。修《しゅ》羅《ら》場《ば》にならなかったのは残念と言えば残念だが、これがランディの考えなのだろう。

真実を知りながら、それを明かさずエリシラを追及しない。

このあとに控えることを考えれば、それが賢明なのだろう。これも予定通りなのだ。

結局そのまま仲よく腕を組んで、密着状態で二人は会場に戻っていく。そうして出ていくまで終始二人は、私たちを見ることはなかった。エリシラがバジル様を視界に入れることは、一度もなかったのだ。

二人が出ていってからチラリと見ると、バジル様はまるでマネキンのようにいまだ微動だにせず呆然と立ち尽くしている。

私は無言でバジル様に近づき、トンと軽くその体を小突《こづ》いた。バジル様は呆気なくソファに倒れ込む。ほんと、人形のようだわ。

しゃがみ込んで顔を覗き込み、目の前で手をヒラヒラさせたが、焦点が合っていない。心ここにあらず、といったところか。

――とりあえず意識をこちらに戻させますか。

そう思った私は、バジル様に聞こえるように大きめの声で言った。

「よかったですねえ！　エリシラとランディ、幸せそうで！」

その瞬間、バッとバジル様の目に光が戻った。瞳が動き私を睨む。その殺気立った光に、私は気《け》圧《お》されることなくニッコリと微笑んだ。

「……何が言いたい？」

「言った通りです。幸せそうだなあと」

「幸せそう、だと……？」

ああ、その目……いいですね、その剣呑《けんのん》な目！

今にも私を射殺さんばかりの目に、ゾクゾクする自分がいる。目を逸らすことなく見つめ返し、コロコロと笑って言った。

「よかったですわね、バジル様。あなたとエリシラの子ども、ランディが大切に育ててくれるようですよ。エリシラとランディと子ども……きっと幸せな家庭を築くでしょう。それはそれは幸せな――」

「黙れ!!」

止められるまで言い続けるつもりだったのだが、結構早くにとめてきたわね。

精神がもちませんか？　弱すぎですよ、バジル様。あんなにも堂々と不貞宣言していた、強気のあなたはどこに行ったのでしょうか？

黙れと言われたが笑うなとは言われていないので、クスクスと笑いながら目を細めてバジル様の顔を見た。あいかわらず血の気がない。そんな顔で睨む様は本当に幽霊のよう。いや、悪霊かしら。

「黙れ黙れ黙れ！　幸せだと？　エリシラが？　ランディと？　そんなわけがないだろう！　ランディのような小僧と、エリシラが幸せになれるはずがない！」

「小僧と言っても、あなたとみっつしか違いませんよ。それに二人は――」

「あれはまぎれもなく俺の子どもだ！　俺とエリシラの愛の結晶なのだ！　俺こそが、いや俺だけがエリシラと子どもを幸せにできる！　俺だけが……俺だけが……!!」

その言葉に私はクスリと笑う。本当は大声で笑いたいけれど今は我慢。

私はそっとバジル様の体にすり寄って、その耳に囁いた。

「そうですね。たしかに……ランディでは力不足でしょうねえ。エリシラを満足させられるのはバジル様だけですわ」

「そうだ、俺だけが……」

「だというのに。エリシラはなんてひどいのかしら」

そう言うと、バジル様は眉宇《びう》を寄せる。エリシラを悪く言うな、とでも思っているのだろうか。

ニコニコと私は笑みを崩さずに言葉を続ける。

「だってエリシラったら、一度もバジル様のことを見ませんでしたよ？　あなたとの子どもができたというのに、彼女が見ているのはランディばかり。ずっとずう〜っとランディだけを熱い眼差しで見ていましたよね」

「そんなこと……」

「そうですか？　バジル様、エリシラの視線を感じましたか？　私にはそうは見えませんでした。必死でランディに縋《すが》ろうとする彼女はまさに女。もう幼さなどどこにもない、大人の顔をしていましたよ？」

エリシラを女にしたのは間違いなくバジル様だろう。しかし、今の彼にはそんなことは理解できない。ちょっとつつけば簡単に崩れる、脆《もろ》い思考になっている。

「ひどいですねえ、あんなに愛し合ったのに。エリシラは愛していると何度もバジル様に言っていたのに。そうでしょう？」

「あ、ああ……」

嘘だ、実際にはエリシラがバジル様に対して愛しているなんて言ったのを聞いたことはない。私の知らぬところで、うわべだけなら言っていたかもしれないが、エリシラが本心で言ったことはないだろう。

彼女が愛しているのはランディ、これは絶対だ。けれど。

「きっとエリシラは勘違いしているんですわ。ランディにだまされているのです。正気を取り戻させないと……」

私はバジル様の耳元で囁く。悪魔の囁きを聞かせる。

「ああ。ああ、そうだな……そうだ、そうすべきだ……」

私の言葉を聞きながらバジル様はただひたすらブツブツと取《と》り憑《つ》かれたようにつぶやき始める。

「では、行きましょうか」

「行くとは？」

「会場に戻りましょう」

エリシラとランディの様子を見ることに相違ない。バジル様がここで嫌がるようなら計画は立ち消えとなるが、そうはさせまいと私はまた耳元で囁く。

「エリシラは立場を考え仕方なくランディとともに行ったのかもしれませんよ？　悲しみに染まる

顔をしているかもしれません。バジル様が行けば、エリシラは元気になるかも」

そんなはずないと、正常な人間ならばわかるだろう。エリシラたちはあれほど仲睦まじく会場に戻っていったのだ。あれのどこに演技があろうか。

しかし正常でなければ？

バジル様は正常な思考を手放す。そしてフラフラと、おぼつかない足取りの彼を支えるようにしながら、私たちは会場へ戻った。

すっかりエリシラの……ついでに私の妊娠というダブルおめでたの話が広まったようで、大賑わいとなっている会場。バジル様の先ほどの叫びなど、まったくここへは届いていないようだ。

人だかりの中心には幸せそうなカップル。言わずもがな、エリシラとランディだ。私たちにも祝福の声をかけてくださる方もいるが、バジル様が呆けているせいで話は長くならなかった。

私たちを囲む人がいなくなったところで、またバジル様の耳に囁く。

「ほら、バジル様。ランディにだまされている、かわいそうなエリシラがいますよ」

エリシラ、という名前にバジル様の体がピクリと震えた。ゆっくりと据わった目が前を見る。彼の濁った眼に映るのは、頬《ほほ》を高揚させながら幸せそうに微笑む、美しいエリシラ。

だが、今の彼にはその笑顔は偽物と映るだろう。

「エリシラ……」

「かわいそうにエリシラ。きっとあの場から逃げて、バジル様のもとへ来たいと思っているに違いありません。でも、できませんよね。だって……お腹に子どもがいるのですから」

正常な精神状態なら、私の言葉に眉をひそめるだろう。何を言っているのかと思うはず。けれど愛する女に捨てられた憐れな男は同情的な言葉に簡単に心を動かされる。

「きっと子どもがいなければ……子どもさえいなければ、エリシラはバジル様のもとに戻るでしょうに」

そんなわけがない。もうエリシラにとってバジル様は不要な存在でしかない。子どもがいようがいまいが関係ない。エリシラは完全にバジル様を見限った。

当然、今のバジル様にそんなことは理解できない。私の囁きが——悪魔の囁きが——彼だけには神の声のように聞こえているに違いない。

「エリシラ、エリシラ……あ、あぁぁぁ……」

うわ言のようにつぶやき続ける彼の目は、もう焦点が合っていない。

あとは最後のひと押しね。

そう思い周囲を見回した私は目当てのものを見つけて、バジル様の手を引いた。彼は抵抗なく私に付いてくる。視線をずっとエリシラのほうに向けながら。

「ほらバジル様、お疲れでしょう？　疲れたときには甘いものがよいと聞きます。ケーキでも食べましょう」

そこには豪華な食事とともに並べられた、デザートテーブルがあった。中心には大きな五段重ねのケーキ。自由にカットして食べられるようになっている。

普通は近くにいる給仕に頼むところなのだけど、幸い……いえ、不幸なことに誰もいない。

「仕方ないわね」

私は誰に聞かせるでもなく言い訳のようにつぶやいて、それを手に取った。

――ケーキをカットするための、女性の手には少し大きいケーキナイフを。

「待っててくださいね、バジル様。今これで切って差し上げますわ」

キラリと光を反射させ、私はナイフをバジル様の目の前にちらつかせた。

「切る……」

「はい。ケーキナイフにしては先が尖《とが》ってて珍しい形ですが……大丈夫ですよ、簡単に切れますから」

「ナイフ……」

「甘いものでも食べて落ち着きましょう。そして……かわいそうなエリシラを見守りましょう。……ね？」

そう言って、私はナイフ片手にバジル様の顔を覗き込んだ。

その瞬間、ゾクリとした。それは恐怖か、それとも武者震いか。私は濁り切ったバジル様の目にたしかに体を震わせたのだ。そして――

「貸せ！」

「バジル様⁉」

バッとバジル様は私からナイフを奪い、それを手にいきなり走り出す。

「エリシラあぁぁぁぁっ‼‼」

大絶叫とともに、バジル様はそのナイフを――刺した。

深々と、エリシラの腹部に。

一瞬の静寂。何が起きたのか、誰も把握できず。

「あ……」

小さく悲鳴を上げて、エリシラは倒れた。ドサリと音を立て、彼女の体が床に横たわる。

倒れた体の下から鮮血が流れ出す。赤い、赤すぎる血を人々が認めた瞬間――

「きゃあああああ‼」

誰かが悲鳴を上げ、それを皮切りに場は混乱に包まれる。飛び交う悲鳴、流れ続ける赤い血。

「エリシラ、俺と一緒になろう！　俺こそがキミを幸せにできる！　キミは俺を愛しているだろう⁉　俺もキミを愛している！」

誰よりも通る大きな声で、バジル様の叫びがその場に響く。

「ああエリシラ、どうして愛し合う俺たちが一緒にいられないのだ⁉　それが腹の子どものせいと言うならば、そんなものはいらない！　さあ、邪魔者は排除した！　俺と一緒に幸せになろう、エリシラ！」

それはまるで咆哮《ほうこう》。

「エリシラ？　エリシラ！　返事をしてくれエリシラ！　俺を無視するなエリシラ、俺を見ろ、俺だけを見ろエリシラあぁぁぁっ!!!!」

醜《みにく》い獣の、まさに咆哮《ほうこう》だ。

「捕らえろ!!」

耳を塞ぎたくなるようなそれは、すぐに周囲の者たちによって身柄を取り押さえられてかき消えた。

バジルが言うようにエリシラは返事をしなかった。

だが無視をしていたわけではない。誰が見ても明らかなように彼女は意識を失っていた。いや、ピクリとも動かないその様子に誰もが絶望する。

すぐに医師が手当てをするのが見えたが、私はそのあとのことをよく知らない。

――だって私はバジル様の妻。懐妊がわかったばかりで、幸せから絶望につき落とされたかわいそうな妻なのだから。

夫の凶行にショックを受けて倒れた。そうでなければいけない。

私はその場に倒れる。疲労ゆえか、そのまま本当に意識を失ったのだった。

第六章　バジルの末路

「島流しの刑が下ったよ」

「……そうですか」

あの騒ぎの日から、ひと月が過ぎたある日。実家の自室に閉じこもる私に、お父様はそう告げた。

あの日——ランディとエリシラのお披露目パーティーの日。バジルが突然エリシラを刺して大騒ぎとなったあの日。

目を閉じると、今も鮮明に思い出すあの日の光景。飛び交う悲鳴、流れる赤い血を目にしてから、ひと月が過ぎたのだ。

意識を失い次に目を覚ましたとき、私は実家の自室に横になっていた。そしてそのまま、ずっと実家で過ごしている。この一ヶ月、外に出ることはなかった。

そしてやつれた顔のお父様が報告してくれたのが、つい先ほどのこと。

エリシラを刺したバジルの刑が決まったと教えてくれた。

それを聞いてうつむく私の肩をお父様はポンと叩き、まるで幼い子どもにするように優しく頭を撫でてくれる。そして、そっとしておいたほうがいいと思ったのだろう、無言で部屋をあとにした。

その心遣いはありがたい。だって……

「く、くふふふ……」

込み上げてくる笑いを、我慢できそうになかったんだもの！

大きな声を出しては聞こえるだろうから抑えるものの、どうしてもこらえきれない。笑いが次から次へと溢れてきた。

「島流し……島流し、か……ふふふ……」

計画以上の結果が出たことに、笑いが止まらない。恋に酔ったバジルの行動は予想以上、期待を上回るものだった。

「ああおかしい。ああ楽しい。ああうれしい！」

予想では、バジルは私やランディを刺すと思っていたのだ。最も可能性が高く危険なのは、ランディというのが私たちの考え。だから万全を期して防護服を着込んで警戒しつつ、私はバジルの意識がエリシラに向くよう誘導した。

それは賭けだった。彼がどちらにより強い殺意を持つか、どちらに転ぶか。結果、彼は見事に成し遂げてくれたのだ。

バジルがエリシラを害するという、最もよい結果を出せた。

ただ問題は、世間がこの事件をどう思っているかである。それによって私たちの今後の人生が変わる。批判的なものであれば、肩身の狭い思いをしなければいけない。

この一ヶ月、目立った行動は慎んでおくべきと考えた私は大人しくしていた。それゆえ外の情報は入らない。情報源は主に家族からだった。心配して私の様子を見にきてくれる兄姉が、どういう状況になっているのかをいろいろ教えてくれた。

結果、わかった世間の噂……それはこうなっている。

・バジルがエリシラに横恋慕した
・エリシラに告白したものの、すげなく断られて逆上
・エリシラの妊娠発覚で何かが切れ、事に及んだのだろう

「なんて期待以上なの」

あまりに私たちにとって都合よく行きすぎている気がするが、おそらくランディが裏でうまいこと噂を誘導したのであろう。彼は私が思う以上に優秀だ。

予定通りにうまく進んだ。何も知らない両親には悪いことをしたと思うけれど、被害は最小限にできたはず。エリシラは完全に被害者となり、ランディの家と関係が悪くなることはない。我が侯爵家にはひたすら同情が集まっている。

そして私自身は、子どもができたばかりだというのに夫の裏切りにあったかわいそうな妻、愛する妹が刺されるという被害者家族となったかわいそうな姉。

そんな構図になっているらしい。私への世間の当たりはもっときつくなると思っていたのだが、意外にも同情が多いことに安堵《あんど》した。努めて、よい妻を演じ続けた結果かしら。

バジル率いる公爵家は当然お取り潰しとなったが、私はこうやって侯爵家に戻っているので、痛くもかゆくもない。むしろなくなってせいせいする。

バジルのご両親はちょっと気の毒だったが、もともと辺境でのんびり隠居生活をなさっていたのだから、家が潰れたところで影響は少ないだろう。辺境の地にまで噂が届いたときに、ちょっとばかし肩身が狭くなるだけのこと。あんな阿呆を育てた罰としては十分だと思われる。

『バジルは立派な成人だ、彼らの責任を問うつもりはない』

そうお父様も言っていた。これからもひっそりと、バジルのご両親は静かに隠居生活を続けることだろう。

ひとつの区切りがついたことにホッとする。私は笑いが収まったところで、ふう……と息をついて、深々と椅子にもたれかかった。

ふと視界に入ったテーブルの上に置かれた手紙。それに手を伸ばして、目を通した。

そこには殴り書きのような汚い文字がある。


俺の何が悪かったのか。

そう、手紙は始まっていた。

俺の何が悪かったのかわからない。ただ運命の出会いに感謝したまでのこと。初めて愛した女性、エリシラ。彼女が俺を選んでくれたことに、神の采配にただ感謝したのだ。そして呪ったのだ。どうしてアルビナより先に、エリシラに出会わせてくれなかったのか。どうしてエリシラのそばにランディを置いたのか、と。

俺とエリシラこそが運命の相手だというのに、神はどうして間違えたのか。すべては運命が悪い。神が悪い。俺は悪くない。

しかし間違いに気づいた神は修正してきた。

あの晩、目の前に愛しいエリシラが一糸《いっし》まとわぬ姿で現れたとき、すべての間違いが正されるのだと信じて疑わなかった。

神の意思に従って、俺はただ運命の相手と愛し合っただけのこと。いったいそれの何が悪かったというのだ？

どうして俺が罰を受けねばならないのか。どうしてエリシラは俺から離れたのか。

なぜ……どうして？　何もわからない。何が悪いのか欠片《かけら》もわからない。

わからないことが俺の罪なのか——？

一度読んだあと、もう一度読み直してその不快さに私は顔を歪《ゆが》めた。グシャリと音を立て、手の中で手紙は紙くずに姿を変えた。

牢獄から届いたバジルの手紙。謝罪の言葉でもあるのかと読んで、すぐに後悔した。あれは何も変わっていない、変わらない、変わるつもりがない。

どこまでもクズで、どこまでも私を……

「とことん落ちればいいわ」

そうつぶやいて、ゴミとなった手紙を投げた。音もなく綺麗《きれい》に屑籠の中に入る。

命乞いの嘆願でもない、謝罪でもない、反省の意でもない。バジルは本当に理解していないのだ、何が悪かったのか、何を間違えたのか。

愚か者を救うお人よしさを私は持ち合わせてはいないというのに、勘違い男の手紙に笑ってしまう。

「さて、次はどうなるのかしら」

愚か者の末路は、期待通りとなるか否か。

ほどなくして、ノックの音が聞こえた。どうぞと返すと、カチャリと扉が開く。

「こんにちは、アルビナ様」

「こんにちは、ランディ」

ランディ——素晴らしき協力者様が部屋に入ってきた。

事件の日以降、私たちが顔を合わせるのは今日が初めてだ。お互いにいろいろあったから、会うことも話すこともできなかった。会えば周囲に怪しまれる可能性があったというのも、理由のひとつ。

「島流し、だそうね……」

おそらく、バジルの刑が決まったのをお父様に知らせたのは彼だろう。

「ええ、生ぬるい話ですが……王家の決定に異議を唱えても、仕方ありませんからね」

ランディはそう言いながらも、悔しそうに唇を噛む。彼としては死罪こそがふさわしいと思ったのだろう。

「仕方ないわよ。彼のこれまでの功績を考えれば……」

「それはそうですが……」

バジルはエリシラに対しては大馬鹿者だったが、仕事はできた。公爵としては有能だった。阿呆なことをしでかさなければ、確実に未来は約束されていたというのに。王の側近という、輝かしい未来の可能性もあったというのに。本当に馬鹿な人。

心の中でつぶやいていたら、ランディが近づいてきた。顔を上げると、意外にも近い距離にいる。

「ランディ？」

「……お会いになりますか？」

「え？」

「バジルに。最後に一度、お会いになりますか？」

そう言って、彼はとある書類を私に渡す。

否やがあろうか。うなずけば、ランディはすぐに手配してくれた。

あっという間に私は馬車の中、ランディとともに王城へ向かう。

牢の入り口まで案内してくれたランディは、無言で階段を指してうなずく。それを下れば目的の場所、王城の地下奥深くに作られた牢なのだろう。

私もまた無言でうなずき、階段に足をかけた。冷たい石壁に囲まれた階段は暗くて汚く、カビ臭くていかにも不衛生だ。狭いそこを静かに下る。靴音だけがやけに響く。

目的の地下牢へたどり着くと、牢番が無言で扉を開けた。

ギイイ……と、不気味な音を立てて開かれていく。一枚ではなく何重にも施された扉は、罪人の脱走を防ぐことが目的だろう。

開くたびに、今か今かと期待する自分の気持ちに気づいて苦笑する。

それほどあの男の落ちぶれた姿を見たいのか。

自分への問いに、当たり前だろうと即答する。私をコケにしたあの男がついに自滅したのだ、気持ちが高ぶらないわけがない。早く……早くその情けない姿を見せてほしい。

そうして何枚目かの扉を通ったところで、ようやくそれは目の前に現れる。ドクンと心臓が一層激しく音を立てた。

無機質な鉄格子。罪人を入れる石牢は暗くて奥がよく見えない。ランディにあらかじめ渡されていたランプを掲げ、少しでも見ようと目をこらした私の耳にかすかに何かが聞こえた。

それは何かが動く気配であり、そしてとても小さな声だった。

「アルビナ？」

うまく明かりを照らすことができないな……と思って少し近づいた瞬間。

――ガシャアン!!

激しい音を立てて、何かが鉄格子にぶつかった。私は驚いて明かりを照らす。

そこにいたのはバジルだった。石牢に閉じ込められた愚かな罪人が鉄格子を握り締めている。

ひと月ぶりに会うその人にかつての面影はどこにもない。美しかった黒髪は、今やボサボサに乱れている。体も薄汚れ、ひと月の間一度も湯浴みをしなかったゆえの変なにおいが牢内を満たしている。

私は顔をしかめて、足をそこでとめた。

「お久しぶりです、バジル」

言って、私は振り返り、扉の鍵を開けてくれた牢番に手を振った。二人きりにするように、という人払いの合図だ。

罪人と令嬢を二人きりにするのは危険ではないかと危惧《きぐ》しているのだろう、牢番は一瞬渋る。けれど満足いく額のお金をすでに支払ってある。彼は私の命《めい》に従うほかなかった。

牢番はチラリとバジルと私を見る。

「それ以上お近くに寄らないほうが賢明です」

バジルがどう頑張って手を伸ばしても、私には届かない距離があると確認したのか、そう言い置いて出ていった。足音が遠ざかるのを待って、私はバジルへ視線を戻す。

「アルビナ、ああアルビナ……」

うわ言のようにつぶやくバジル。その目は虚ろだが、たしかに私を見ていた。

「お久しぶりです……ええ、本当にお久しぶりですわ、バジル。ずいぶんとまあ……変わられましたね」

同情するような目を向けると、バジルは鉄格子の間から必死に手を伸ばす。なんとしても私に触れようとするかのように。

もちろん私は近づかないし、その手が私に触れることはない。

目を細めて蠢《うごめ》く様子を見ていたら、諦めたのかバジルは手をダランと垂らしてうなだれた。

「……俺はだまされたのだ」

「バジル？」

小さく、つぶやくような声に私が首をかしげると、バッと顔を上げたバジルが私を見る。その目は血走っていた。

「俺は、あの女狐《めぎつね》にだまされたんだ！　あの女、エリシラ……あいつのせいで!!」

「まあバジルったら。あんなに愛していたエリシラに対して、ずいぶんな言いぐさですわね」

どの口が言うかと私は呆れてしまう。

すべてお前が悪い。もちろんエリシラも悪い。どちらも悪いのだ、どちらか片方が悪いのではない。そんな簡単なこともわからないなんて。そんなこともわからないから、今こうして牢屋に入れられているの。

本当に呆れたものだ。

「アルビナ」

「はい？」

うなだれたまま、バジルが私の名を呼んだ。なんだろうと私は続きを待っていると、彼はボソボソと話し始める。

「俺は気づいた、何が大事なのか気づいたのだ」

「はあ？」

「大切なのはエリシラではないと、大事なのはほかにあるということに」

「はあ……」

いったい何が言いたいのだろう。よくわからなくて頭には疑問符が並ぶばかり。

するとバッと顔を上げたバジルは、ガシャンと音を立てて鉄格子を勢いよく握った。思いのほかその音は大きくて、知らず知らずのうちに私の体がビクリと震える。

「俺は気づいたのだ！　一番大切なのはアルビナ、お前だということに!!」

「……？」

何を言い出すのかしら、この人は。

「俺とエリシラの関係を知りながらも、お前は常に妻として努力してくれた！」

ポカンとしてしまう私をよそに、彼の勢いは止まらない。

「いつも執務に疲れていた俺のためにお茶を淹《い》れてくれたな！　俺はお前の愛をいつも感じていたというのに……あのお茶のうまさはお前の愛情そのものだったというのに！」

ちょっと待ってください、私はただ普通にお茶を淹《い》れていただけです。たしかに『料理は愛情』なんて言葉がありますが、私はお母様に教えていただいたやり方で淹《い》れただけ。そこに愛情は微塵《みじん》もなかったのですが……なんなら呪いを込めていましたけれど……という私の思いは届かない。

バジルには私のしかめ面《つら》がまったく見えないようだ。一人熱くなっている彼は、すごい形相《ぎょうそう》でまくし立てる。

「俺はなんて愚かだったのだろう、お前の愛に気づかなかったなんて！　だがこの一ヶ月、この牢で頭を冷やして、ようやく気づいたんだ、お前の愛に！」

いいえ、ですから愛は欠片《かけら》も……砂粒ほどもないのですが……

「アルビナ！　今なら俺はお前を愛せる！　いやすでに愛している！　やり直そうアルビナ、俺とともに!!　俺とお前と子どもと三人で幸せな家庭を……」

「やめて！　気持ち悪い!!」

私は思わず耳を塞いで叫んだ。耐えられなかった。聞きたくなかった。

××××る？　私を××××るですって？　エリシラを愛していると言っていたその口で、私を××××るなんて言わないで、おぞましい！

私の心は彼の言葉を拒絶する。聞きたくない、聞こえない。だがバジルは拒否する私の態度を訝《いぶか》し気な目で見つめ、なおも言葉を続けた。

「なぜだアルビナ！　俺はお前のことが……」

そのおぞましく、聞くに耐えない言葉を。

もうだめだ、もう嫌だ、もう耐えられない！　私は急ぎ用件を済ませるために、懐《ふところ》から出した紙をバッと広げてバジルの眼前につきつけた。

それはバジルに会うと答えたときに、ランディから受け取った書類の一枚だ。もし私がバジルに会うのを拒んでいたなら、ランディ自身がここにきてバジルに見せるつもりだったらしい。

「それはなんだ……？」

頼りない、ランプの小さな明かりだけの暗い石牢。そんな最悪の視界のもとで、紙にビッシリ書き込まれた小さな文字など読めるわけもない。バジルは目を細め睨むように紙を見つめたが、読むのを断念して私に問う。

「あなたの、島流しの刑に関する書類です」

「島流し？　ああ、そんなことを今日言われたっけな。くだらん、そんなもの誰が……」

「島流しは決定事項です。裁判を経て、王が判を押しました。これがくつがえることはありません。明日にはあなたは移送されるでしょう。罪人が送られる遠い遠い島を出ることなく、そこで一生を終えるのです」

「ふん、まあそれも悪くないか。たしか罪を犯した貴族用の島だったか？　使用人が一人だけつけられるんだったか……。どうだ、アルビナ。その使用人として俺とともに来ないか？　どうせその島には俺以外いないだろうから」

「お断りします」

誰が好き好んでついていくか。それに使用人が一人つくというが、凶悪犯罪を犯した男についていきたい者などいるわけもない。だが、安心していい。

「安心してください。島ではあなたお一人ではありませんよ」

「……？　他にも罪人がいるのか？」

「ええ」

ニッコリとうなずけば、バジルは不思議そうに首をひねる。公爵家当主となってからの記憶を、思い起こしているのだろう。

「はて……島流しになった貴族などいたかな？」

「いませんよ」

その疑問に即答してあげると、彼はますます首をひねる。

そう、近年島流しになった貴族など存在しない。そんな大罪を犯した者はいないのだ。バジルの記憶は正しい。

「では……？」

「貴族用の島だと、誰が言ったのですか？」

私がそう言うと、バジルは何を言っているのかわからないというふうにキョトンとした顔をした。

その顔を見た瞬間、私はこらえきれずに笑ってしまう。クスクスと笑う私に「何がおかしい」と不機嫌に言ってくるのが余計におかしくて、笑いをとめることができない。

「おい、アルビナ！」

いい加減痺れをきらしたのか、笑い続ける私にバジルは怒鳴りつけてきた。それでもなかなか笑いが収まらないのをどうにか抑えて、私は笑みをたたえた顔をバジルに向けた。

「これ、ここを見てください。ああ暗くて読めませんね、読んであげましょう。あなたが向かう島の名前が書かれているんですが……デモニアム、とあるんです」

デモニアム。

その名を耳にした瞬間のバジルの顔。それはもう最高に間抜けな顔だった。

暗い石牢の中でもわかるくらいに顔面蒼白《がんめんそうはく》となり、体がガタガタと震えだす。握った鉄格子がカタカタと音を立てる。口をパクパクとさせるが、うまく声が出せないのだろう。

「なん、だと……？　デモ、ニアム……？」

ややあって、どうにか絞り出した。

「ええ」

「馬鹿な!!」

私がうなずいた瞬間、タガが外れたのか、バジルは大声で叫び鉄格子を叩く。ガシャンという音が響いた。

「デモニアムだと、そんな馬鹿な！　それはお前……その島は……!!」

「ええ。大罪人が送られる島ですね」

そう、デモニアムはこの世の地獄。凶悪な重罪を犯した極悪人、大罪人ばかりが送られる島だ。本来なら処刑となるはずだったのに、なんらかの理由でそうはならなかった連中を送る。なんらかの理由が具体的になんであるかなんて私は知らないし、それを知る必要もない。

重要なのは、そこにバジルが送られるということ、それだけ。

「今はたしか十二名ほど罪人がいるとか。よかったですねえ、バジル。寂しくありませんよ」

「な、な、な……!!」

「もともと数十名いたそうなのですが、過酷な環境の中で生き残っているのは、その人数だけだそうで。かなり屈強な人たちらしく、食べるのも困るような何もない島で、頑張っているそうですよ。頼りがいありそうですねえ」

「あ、アルビナ……アルビナ……！」

ガタガタ震えながら縋《すが》る眼を向けるバジルに、私はニッコリ微笑んで付け加える。

「ああそうそう、彼らはもう何年もデモニアムにいるそうです。男性ばかりなので、ずいぶんたまっているだろうとのことですよ。きっと、バジルを眠る間もないくらいに可愛がってくださるでしょうね」

そう言って、私は最上級の笑みをバジルに送った。

それを見た瞬間、バジルは糸が切れたようにその場に崩れ落ちる。フフと笑う私を彼は見ない。ただ地面を呆然と見つめるバジルの姿に、私は内心で語りかけた。

よかったですねえ、バジル。女に飢えきった屈強で荒くれ者の男たちは、なよっちい体のあなたをさぞや可愛がってくださるでしょう。一晩中エリシラと肉欲に溺《おぼ》れたあなたですから、これほど幸せな島流しはないのではありませんか？

もちろん、王がデモニアム行きを命じたわけではない。王は先ほどバジルが言っていた貴族用の島を指定していたのだ。

ではなぜデモニアムになったのか？

今回のことを計画するにあたり、私は事前に言っておいたのだ。

バジルが刺すのが、私かランディかエリシラかわからないが、とにかく彼は罪人となるだろう。その処罰が死罪なら文句なし。もし処刑ではなく島流しとなったなら……と、あらかじめランディにお願いしておいたのだ。

それを受け、彼が秘密裏に動いてくれた結果がデモニアム行きへの変更。

本当に、彼には感謝してもしきれない。

バレたらまずいのではないか？　いいえ、その心配はない。所詮王は命じただけで、そのあとにどうなったかなど気にしない。そんな暇はないのだ。行き先がデモニアムになったのは何かの手違いだと思わせるように、ランディは手配したと言っていた。そういったことは、金を使えばなんでもできると。侯爵家の次期当主には造作もないことだと、ランディは笑って言ったのだ。

そして私の希望を彼は叶えてくれた。

「アルビナ。あ、アルビナ……」

壊れそうに体を震わせながら、死にそうな顔でバジルは私を呼ぶ。しかし私はそれには答えず、書類を懐《ふところ》に戻し背を向けた。

「アルビナ！　待ってくれ俺が悪かった！　俺がすべて悪かった！　許してくれ、どうかゆるし……いや、助けてくれ！　俺を助けてくれアルビナ!!」

その言葉に一度だけ足を止めて振り返る。背後を見ると、汚い涙を流し鼻水を垂らして私を見つめる罪人が一人。

「ああ、言い忘れてました」

私は自分が言いたいことだけを話す。

「あなたが喜んでくれた、私が淹《い》れたお茶ですが」

救済の言葉はそこにはない。必要ない。

「あれ、ちょっと変わった効能のある茶葉なんですよ」

「何を言って……？」

「男性不妊になる効果があるんですって。効果は折り紙付きとか……。いったいどういった用途に使うものなんでしょうねえ？」

「——!?」

言うだけ言って踵《きびす》を返し、今度こそ振り返らず私はその場をあとにした。

「待ってくれアルビナ！　では、では妊娠は!?　キミとエリシラの妊娠はいったい——!?　待てアルビナ！　アルビナあぁぁっ!!」

——バタン！

待機していた牢番に合図をすると、すぐに扉は閉じられた。扉の向こうで何かを叫ぶバジル。だが何重もの扉をくぐるうちに、いつしかその声は聞こえなくなった。再び静寂が戻り、足音だけがコツコツと響く。

歩きながら浮かぶ思いは「こんなものか」だ。

会えばもっといろいろな感情が出て波立つかと思っていたが、私の心は終始穏やかだった。いや、冷え切っていたと言うべきか。

バジルが媚《こ》びへつらおうとも、泣き喚こうとも、私への禁句を口にしたときしか私の心にさざ波は立たなかった。

終わってしまえば、こんなもの。私の中のバジルは、その程度の存在となり果てた。

「はあ、まったく。やっと終わったわ」

肩の荷が下りたとばかりに私は清々《すがすが》しい気持ちで顔を上げ、牢をあとにするのだった。

第七章　妹との別離、そして未来へ

ガラガラと馬車の音が響く。広い大地を駆け抜ける馬車に揺られながら、私は少しウトウトしていた。眠ってはいけないと目をこすりながら姿勢を正したが、すぐに睡魔に襲われる。

暖かな日差しに加え、馬車の揺れがあまりに心地よすぎるのだ。

大きな街を出てから馬車に揺られること数時間。侯爵家の馬車は、舗装された道を軽快に進んでいた。今は大きな森の横手を走っているようで、近くに町や村の気配はない。生い茂る木々を遠目に眺めながら、私はトントンと腰を叩く。大きくなったお腹を支えていると腰に来るのだ。

「ちょっと、これみよがしにお腹を強調するの、やめてくれない？」

腰を叩いていると、どうしてもお腹が前につき出た体勢になる。その私の行為に不満の声が上がった。

「あらごめんなさいエリシラ。腰が痛くてね」

そう私が言えば、正面の席に座るエリシラが――不満の声の主がジトリと睨み付けてくる。それに苦笑を返しながらまたトントンと腰を叩いていたら、エリシラはふんっと苛立たし気に鼻を鳴らしてそっぽを向いた。

エリシラがバジルに刺された日から半年が過ぎた。

瀕死の重傷を負い生死の境をさまよったエリシラは、奇跡的に助かった。だが回復までに時間を要し、まともに起き上がれるようになるまで三ヶ月かかり、リハビリを経て、今こうして憎まれ口をたたいている、というわけだ。

「言っとくけど、私は何も手伝わないからね。アルビナお姉様は自分のことは自分でやってよ」

「ええ、わかってるわ」

そっぽを向いたまま言われたことに対し、私はニコリと微笑んで答える。それの何が不満なのかわからないが、エリシラは一度こちらをギロリと睨んで、またあさってのほうに視線を向けた。

「まったく。どうして私が修道院なんかに……！」

「仕方ないでしょ。あのまま侯爵家にい続けても、息苦しいだけなのだから。……そもそも家を出たいと言ったのは、エリシラ、あなたよ？」

「だからって！　修道院なんて嫌よ！」

「そこ以外受け入れてくれる場所がないのだから、仕方ないじゃない」

あの事件で、エリシラのお腹の子は天に還った。

……ということになっている。

それを誰より悲しんだのは私たちの両親。エリシラは秘めたる父親の存在ゆえか、『あ、そ』と言っただけでなんの感慨もないといった反応をしていた。

ただ、それで話は終わりではなく、エリシラはその怪我が原因で二度と子どもを望めない体になった。

……ということになっている。

同じことを二度言うのはなぜなのか、その理由を私とランディだけが知っている。

けれどそれを知らないエリシラは、苛立たし気に馬車の壁を叩いた。

「ランディのヤツ！　あれほど私を愛していると言ってたのに！」

その程度ではビクともせず、馬車はあいかわらず走行中の揺れしか感じない。

「それも仕方ないことよ。ランディは一人息子で、侯爵家には後継が必要。これがなんのしがらみもない立場ならまだよかったのかもしれないけれど、私たちは貴族なのよ？」

エリシラとランディの結婚はなくなった。表向きは泣く泣く別れる……というか、涙を流して大声で喚きながら縋《すが》ったのは、エリシラだけ。

ランディは『ごめん、エリシラ……』と言っただけで、話がくつがえることはなかった。

侯爵家子息として彼はエリシラと別れる道を選んだ。ランディのご両親も申し訳なさそうにしていたが、息子がそう決めたのならと反対はしなかった。そして、お父様も仕方がないことと受け入れ、すべて予定通りに事は進んだ。

まあ結局のところ、すべて嘘なのだけど。

そう、嘘なのだ。

エリシラは端《はな》から妊娠などしていない。子どもだって今後望めばできるだろう。

だが、その真実を知っているのは二人だけだ。私とランディ……今回の事件を企てた、首謀者たる私たちだけ。

当然、そうとは知らない私たちの両親とランディの両親。彼らには実に申し訳ない。

とりわけ実の娘であるエリシラの、嘘の悲劇を信じている両親には本当に申し訳なく思う。末っ子エリシラを、四兄妹の中でも特に可愛がっていたから。

まさに天国から地獄につき落とされた思いだろう。悲しむ両親の姿に胸が痛んだが、長子であるブラッドお兄様のところに産まれた子の存在が、少しずつ両親の傷を癒してくれるだろう。めでたいことに姉のリーリアも妊娠したという。

ただエリシラだけは後継者を必須とする立場にあるランディと別れねばならず、それが彼女を苛立たせている。

「愛してもいない女と結婚するなんて、信じられない!!」

その言葉に私の胸がザワリとした。それは禁句だ。私に聞こえるように言ってはいけない、禁句。

「……っと、睨まないでよ」

「睨みたくもなるわ」

貴族はけっして幸せな結婚ができるわけではない。時に自分の心を殺さねばならないことだってあるのだ。

私とバジルがそうであったように。わかっていても、だからと言って傷つかないわけではない。貴族だって心ある人間だ。

「ランディなら大丈夫よ。きっと幸せな家庭を築くわ」

「何それ、私への当てつけ⁉」

「さあ？」

「……アルビナお姉様、性格悪くなったんじゃない？」

「どうかしら？」

ムスッとするエリシラに笑みを返すと、彼女は苛立たしげにまたそっぽを向いた。いつまでも子どものようだ。

幼いエリシラ。大人になりきれないエリシラ。無邪気に残酷なことができるエリシラ。

——あなたのほうが、よっぽど性格悪いわよ。

私は心の中で一人つぶやいた。そんな私の心の声など聞こえないエリシラは、ブツブツとなおも文句を言い続ける。

「まったく、理解に苦しむわね！　ランディもだけど、アルビナお姉様も！」

「私？」

怒りはまだ収まらないらしく、窓の外を眺めながらエリシラはとげとげしい声で言う。それに首をかしげて問い返すと、エリシラはビシッと私のお腹を指さした。

「それ！　そのお腹！」

「この子が何か？」

「よくもまあ平然とあんな男の子どもを……!!」

その言葉に、ああ、と納得がいった。

エリシラは自分の人生を無茶苦茶にしたバジルに腹を立てているのだ。怒りをぶつけたくとも、島流しになってしまったからもうバジルはいない。

となれば、怒りの矛先《ほこさき》は子どもと私に向けるしかないらしい。

「そうかしら？」

私はニッコリと微笑む。それが余計にエリシラの怒りに火を点《つ》けたのだろう。彼女の声はどんどん荒くなる。

「そうよ！　あの男……私をこんな目に遭わせた大罪人！　あんな男の子どもなんて反吐《へど》が出るわ！　誰からも白い目で見られるのがわかっているのに、よく平気で産もうとするわね!!」

「子どもに罪はないわ」

「あるわよ!!」

「ないわよ。でもそうね、あなたの言う通り世間はこの子に冷たいでしょう。だから私も修道院に行くのよ」

「はん！　子持ちなんて迷惑なだけだわ！」

そうかもしれないけど、かといってこのままバジルとの子どもが産まれたら……世間からどんな目で見られるか、容易に想像できた。両親も悪く言われる可能性だってある。それは嫌だった。

そんなことを考えながら、私は窓の外に一度視線をやった。遠くに見えていた森がずいぶん近くなっている。そろそろ頃合いかしら。

「な、何よ……？」

私の鋭い眼光に気圧《けお》され、少し体を引きつつ強がるエリシラ。そんな彼女に目を細めて私は言った。

「ねえエリシラ」

「何よ？」

「あなた、真の絶望を知ってる？」

「――は？」

まさかそんな問いが投げられると思っていなかったのだろう。

予想外のことにエリシラは黙り込む。ポカンと口を開けたまま彼女は私を見つめ、ややあってその口は閉じられ、そしてまたすぐ開いた。どう言えばよいのかわからず、逡巡《しゅんじゅん》するように。

ややあって、絞り出すように声が出る。

「何を言ってるの？　知るわけがないでしょう、そんなの」

絞り出された声だったが、その内容は予想通りだった。期待通りの返答に私は顔をパッと輝かせた。思わずギュッとエリシラの手を握る。

「そうよね、知るわけないわよね」

「へ？　え、ちょっとなんなのよ、手を握らないで。気持ち悪いわ」

私の満面の笑みをエリシラは不快そうに見やって、眉を寄せる。ニコニコしている私にエリシラはドン引きして、それ以上は下がれないというのに、馬車の壁に思い切り背を付けた。

私はお構いなしに微笑み続け、下がろうとするエリシラに、そうはさせまいとグイと顔を近づける。彼女の手を握る自身の手に力をこめた。

「ちょ……」

「それじゃあ……」

目を細める私から体を引くエリシラに、さらにグッと顔を近づけて。

「何を……」

「教えてあげるわ」

満面の笑みとともに告げた。

言うと同時に、ガタンと音を立てて馬車が止まった。バタンッと間髪《かんはつ》を容《い》れずに扉が開く。

「えっ⁉」

扉を開けた人物を目にして、エリシラは言葉を失った。

その美しい顔が驚愕に染まるのを、私は満足げに見つめる。

さあエリシラ。あなたとバジルが私に絶望を教えてくれた。だから今度は私の番よ。今度は私があなたに絶望を教えてあげるわ!!

「ランディ⁉」

エリシラは馬車の扉を開けた人物を目にして、驚きのあまり大声でその名を呼んだ。

そこにはかつてのエリシラの恋人であり婚約者だったランディが、立っていたのである。侯爵家から遠く離れ、国境間近のこのような場所で、まさかランディと再会できるとは思わなかったのだろう。

エリシラは驚きと感動のあまりブルブルと体を震わせる。そして。

「ランディっ!!」

「きゃあっ⁉」

ドンッと思い切り私を押しのけて、ランディに駆け寄った。押された私は馬車の壁に肩をぶつけてしまった。その痛みに悲鳴を上げて顔をしかめるが、エリシラはまったく気にしない。

「ランディランディランディ!!」

何回名前を呼べば気が済むのか。エリシラは狭い車内を勢いよく駆け、その勢いのままランディに飛びつき――ヒョイッと避けられた。

「きゃあ⁉」

扉に向かって走ったのだから、結果がどうなるのかは火を見るより明らか。エリシラは見事に外へ体ごと飛び出して……ドスンッと音を立て馬車から落ちた。

一方私は壁にぶつけて傾いた体を立て直す。すると、目の前に手が差し出される。それはランディの手だった。

「ありがとう」

ニコリと微笑んでその手をとり、体勢を整えて私は馬車を下りる。ステップの最後にムギュッと柔らかいものを踏んだ気がするのだけど、何かしら？

足元を見ると、それは倒れたエリシラだった。

「危ないわよ、エリシラ」

「他に言うことないの⁉」

私が退くのと同時にバッと勢いよく立ち上がった。

「ふふ、エリシラは元気ね」

「意味がわからないわ」

思ったままをつぶやくと、彼女の耳に届いたのかそう言われてしまった。

「で？　どうして手を握ってるの？」

エリシラは立ち上がり、服についた泥をパンパンと払う。それから顔を上げ、私とランディを見て不快気に目を細める。

エリシラが睨む先、それは何かと視線を追いかけるより早く、私の腕はエリシラに掴まれた。

「いつまで手ぇ握ってんのよ！」

そう叫ぶや否や、ランディと繋いだままだった私の手を引いて、ベリッと引き離したのだ。ああ、そういうことかとやっと理解する。今のエリシラの気持ちは、つまるところ……

「ヤキモチ？」

「ふざけないでよ！」

まあエリシラったら、すっかり貴族らしさが抜けているわ。これならどこへ行ってもやっていけるんじゃないかしらね？

そう考えてフフフと笑う私を、エリシラは不気味なものでも見るかのように見つめる。

それから、私の隣に立つ人物を見た。

その人を目にした瞬間、エリシラの表情が瞬時に変わる。私を見る険しい目ではなく、まるで瞳の中にハートが見えるような目。心なしか頬《ほほ》が赤くなっているようにも見受けられる。

「ランディ……」

エリシラは顔の前で祈るように手を組み、つぶやく。まるで恋する乙女のようにエリシラは、ランディを見つめた。私を睨んだあとのその変貌ぶりは見事と言えよう。

「ランディ、来てくれたのね……。信じてた、私ずっと信じてたの。きっとランディは迎えにきてくれるって」

うっとりした目をしながら、エリシラは一歩前に進む。そんな彼女に対し、ランディは無言だ。

しかし何も言わない彼を気にすることなく、エリシラは続けた。

「あのね、私ね、不安だったの。修道院なんかに行って、ちゃんとやっていけるのか……私とっても心配だったの」

ランディの前でエリシラはいつもこんな感じなのだろうか？　普段とは違いすぎる様に、呆気にとられてしまう。

たしかにランディの前でエリシラはいつも可愛らしかった。だがここまでという印象はない。いろいろあってランディに捨てられた反動からだろうか。

彼女としては、自分の可愛さを最大限アピールするやり方なのだろう。

だとしたら、これでバジルは落ちたのか？　それなら不快だが納得できる。だってこんな気持ち悪いアピールの仕方、私には絶対無理だもの。

ではランディはどうなのだろう。

私はチラリと彼を見た。あいかわらず無表情な彼の心情は、私にはわからない。もしエリシラの可愛さにほだされてしまったら……彼の心に変化が現れたらと危惧《きぐ》する。このまま計画がなしになるなんて、それだけは困る。

心配になる私の目の前で、エリシラはさらに一歩ランディに近づいた。もう手を伸ばせば届く距離だ。そして案の定、エリシラは手を伸ばしてランディに触れる……ことはできなかった。

――バシッ。

「え？」

エリシラは何が起きたのか一瞬理解できず、はたかれた腕を抑えながら呆然とランディの顔を見つめる。

「触るな。汚らしい」

驚くエリシラと、妹の顔を凝視《ぎょうし》する私の前で、ランディは静かに言った。

久々の再会、それこそ結婚が破談となり会わなくなってかなりの月日が経っている。感動の再会のはずなのに、ランディが最初に発した言葉がそれ。さすがのエリシラも言葉を失い、固まってしまった。

あまりに動かないので、軽くエリシラの体を指でついたが無反応。完全に固まってしまっている。

「殴ってみようかしら」

なんて思わず声に出して言ってしまった。そこでようやく我に返ったエリシラが、ギッと私を睨みつけてくる。

しかし、何を言うでもなくエリシラはランディへ向き直った。その顔はかなり焦っている。まさかランディから、そんな冷たい反応が返ってくると思わなかったのだろう。

「どうしちゃったの、ランディ？　私を迎えにきてくれたんでしょ？」

「違う」

簡潔に手短に。不要な言葉を一切発することなく、ランディはエリシラの言葉を否定する。ますますわけがわからないといったふうに、エリシラはあたふたし始めた。

ランディに触れたいけど、また拒絶されるのがこわいのか、エリシラは手を上げては下げて、また上げては下げる。

ランディは眉ひとつ動かさず能面のままで、それに倣《なら》って私は事のなりゆきを見守る。

「じゃあどうしてこんな場所に……いえ待って、今さら一緒に戻っても結婚できないのだから……そうなのね、わかったわ！」

エリシラは一人でしゃべって一人で納得し、ポンと手を叩いて私のほうを見た。なぜか満面の笑みを浮かべている。

「アルビナお姉様、私、ランディと二人で幸せになります!!」

「は？ ……コホン。え、何を言ってるの？」

どうしてそういう結論になるのか私はまったく意味がわからず、考えるよりも先に言葉が口をついて出てしまった。直後、今のは令嬢らしからぬ反応だったと言い直す。

「何言ってるのも何もわかるでしょ、ランディが来てくれたのよ！ 私を迎えに……いいえ、ともに旅に出ようと！」

「……そうなの？」

「そうよ！ だって家に戻っても、ランディは後継としてのしがらみがあるから私と結婚できないもの！ もちろん正妻を他に娶《めと》って、私は愛人という形もあるけど……そんなの絶対嫌だわ！ だからランディは私と駆け落ちする道を選んでくれたの！　ね、ランディ!!」

どういう思考回路を持てば、そういう発想になるのだろう。どこまでも自分に都合よく解釈する妹に、私は苦笑することしかできない。

いえ、なんとなくはわかる。

とにかくエリシラは、ランディが自分に会いに来たのだと。ランディは自分とともに駆け落ちするために、どこかで二人一緒に暮らすためにここに来たと。

そう考えちゃったのね？　瞬時にそんな未来設計ができたのね？

理解できたけどできない。ポカンとしながら苦笑する私を、喜々とした表情でエリシラは見た。

「というわけで、ごめんなさいね？　修道院にはアルビナお姉様一人で行ってくださいな！　お姉様が修道院でショボくれて生きている間、私はランディと二人で幸せになります！　はは、ざまあ！」

ざまあって……そんな言葉を口にする妹に、私の心はひたすら呆れと驚きに支配されている。

満面の笑みで私にそんなことを言ってのけたエリシラを私は開いた口が塞がらぬまま、呆然と見つめた。

「キミは馬鹿なのか？」

ようやくランディが顔はあいかわらず無表情のまま言葉を発した。その内容にギョッとなったエリシラが、ランディの顔を凝視《ぎょうし》する。

「ら、ランディ？　今なんて……」

「キミは馬鹿なのかと言ったんだ。僕がキミを迎えに来ただって？　どう考えたらそんな結論に至るんだ。呆れるよ」

そう言って、ランディは深々とため息をついた。エリシラは顔が真っ青だ。

「だ、だって……！」

そう言って、縋《すが》るようにランディに手を伸ばした瞬間。

「触るな!!」

バシッと強い力で手を振り払われた。

「ひっ！」

エリシラは喉の奥から引きつったような声を出して、たじろぐ。しかし呆然としたのは一瞬、みるみるうちにその目には涙がたまり、そして一筋流れ落ちた。

「な、なんで!?　どうしてよ、迎えにきてくれたんじゃないの!?　そうじゃないのなら……そうじゃないって言うのなら、どうしてここにいるのよ!!」

エリシラの叫び声が静かな森の中に木霊《こだま》した。どこかで鳥が飛び立つ音が聞こえたのは直後のこと。

そして今、泣きじゃくるエリシラの鼻をすする音がやけに耳についた。思わず同情しそうになる美しい泣き顔。本当に外見だけはいい妹だ。

泣き続けるエリシラに、ランディは呆れたようにハア……と大きなため息をつく。そして彼は手を伸ばす。

その瞬間、私は見逃さなかった。

泣きながらも、ランディの手が動いたのを横目で認めた瞬間のエリシラの口元。それが弧を描いたのを私は見逃さなかった。

ああ、自分に伸ばされると思っているのね。きっとランディの手は、エリシラの頬《ほほ》に伸ばされる。流れる涙をすくい取ってくれる。そして抱きしめてくれると。確信しているに違いない。でも。

「へ？」

間抜けなエリシラの声。手はエリシラに伸ばされることはなかった。

残念でした、そうはいかないのよ。ランディが優しく肩を抱く相手は私。それに抗うことなく、私はランディに身を預ける。

「は……？」

エリシラの声が響く。

間抜けな間抜けなエリシラ。ねえさっき私が馬車の中で言ったこと、覚えているかしら？

言ったわよね、私。教えてあげるって。

「ら、ランディ……？」

「僕はアルビナを迎えに来たんだ」

「え？　アルビナお姉様を？　どうして？」

「我が侯爵家が持っている別荘に、彼女たちを連れていくためさ」

「え？　え？　なんで？　どうして？　待って、『たち』って何？　他に誰かいるの？」

「立場上、一緒にはなれないが……彼女と僕の子どもは、そこでひっそり暮らすことになる」

「――――――え？」

たっぷりと間が空く。それはそのままエリシラの理解が追いつかないことを示していた。

何を言われているのか。いったい何が起きているのか。エリシラはまったく理解できていないのだろう。

そんな彼女に私は微笑んで言った。

「ごめんね、エリシラ。このお腹の子ども、バジルの子どもじゃないのよ」

「……な、ん……ですって？」

目を瞠《みは》るエリシラに、間髪《かんはつ》容《い》れずに続ける。

「このお腹の子どもはね」

「待って！　言わないで！　その先は聞きたくない!!」

エリシラは叫んで、手のひらをバッと私に向けるが、そんなことを言われて止まるわけがない。

私はニッコリと微笑んで告げた。

「ランディとの子どもなの」

その瞬間の絶望したエリシラの顔。

ああ。本当に素敵だわ、美しいわ。あなたはいくつもの美しい顔を持っているけれど、この顔こそがきっと一番、最高に美しいと思うの。その美しい顔を私とランディしか見られないなんて、ほかの誰にも見せられないなんて。

私はもったいないと感じながらも、エリシラの素晴らしい絶望の顔を恍惚《こうこつ》として見つめる。

「私、ちゃんと言ったでしょう?」

私はウットリしながら、エリシラに話しかける。

「何を……」

「教えてあげるって」

「ア、ルビナお、姉様……?」

信じられないというように、呆然と私の顔を見るエリシラにニッコリと微笑みかける。そして言った。

「真の絶望を教えてあげるって」

「……」

言ったでしょう?

血の気が引いた、エリシラの顔。これでもかと見開いた目。わななく唇。小刻みに震える体。私の言葉を理解できているのか……妹は、とにかくこれまで見たこともないような顔で私を見ている。

「ぷっ」

こらえきれず、私は噴き出してしまった。

「あははは！　何その顔、どうしたのエリシラ！　鳩が豆鉄砲をくらったような顔をして！」

「な——!!」

エリシラは笑われたことで止まっていた思考が動き出したのか、みるみるうちに顔が真っ赤になった。怒り心頭なのがよくわかる。

「ふっざけんな!!」

ダンッと地面を蹴るように踏みつけて、エリシラは一歩前に出た。私に危害が加えられないようにと心配してか、ランディが私の前に出る。それをエリシラは不快気に睨む。

「ランディも大概にして！　その女の冗談をどうして聞き流すのよ！　言うに事欠いてあなたとの子どもだなんて……どうして怒らないの!?」

「真実に対して怒る必要があるか？」

エリシラとしてはすぐに否定の言葉があると思ったのだろう。いや、期待したのだろう。

だが結果は違った。ランディは私の言葉を肯定したのだ、真実であると。

またエリシラの動きが止まる。まるで石像のように固まってしまった。

「何を言って……るの？　あなた何を言っているの、ランディ。真実って何よ、いったいなんなのよ……」

「アルビナのお腹に宿る命。その子の父親は、僕だと言っているんだ」

「嘘よ！」

叫ぶと同時にエリシラはランディの胸倉を掴んだ。今度はランディは、ただ冷たい目で見下ろすのみで払いのけない。

「嘘よ嘘よ嘘よ!!!! だってあなたは言ったじゃない！ 婚前にそういう行為はしないって！言ってたじゃない!!!!」

そうね、と私は心の中でつぶやいた。

たしかにそう。かつてランディは、そういう行為に興味を持ったエリシラの提案を拒絶した。婚前交渉は絶対しないと拒否したのだ。だからエリシラは手っ取り早く経験できる相手、バジルを掴まえたのだ。それなのにランディが婚前交渉をしたと言っているのだ。

胸倉を掴んだまま怒鳴りつけるエリシラに、ランディは静かに言った。

「最初に裏切ったのは、エリシラ、キミだろう？ 僕を責めるのはお門違いだ」

「なんですって!?」

「僕はキミとバジルの関係を知ってたよ。最初から知ってた。知って……絶望した。アルビナもまた絶望した。そんな二人が関係を持つのは……当然のことなんじゃないかな？」

当然かどうかなんてわからない。

いや、それは本当は間違っている。だがこれこそが最もエリシラを傷つける方法だとわかっていた。わかっていたからエリシラにつきつけた。

それが人道的に間違っていることだろうと、地獄に落ちるに等しい行為だとわかっていても、私たちが味わった絶望を彼女が少しでも味わえばいい。

だから私たちはこの方法を選び、復讐《ふくしゅう》を誓ったのだ。

私とランディから絶望の言葉をつきつけられたエリシラ。ランディの胸倉を掴んでいた手は、いつの間にか力なく落ちている。ダランと垂らされた両手は、次第にワナワナと震え始めた。

「嘘よ……」

つぶやいて、震える両手で自身の顔を覆う。

「嘘よ」

次いで頭を抱え込む。

「――嘘よ!!」

バッと顔を上げて叫ぶや否や、その手は私に向けられた。伸びる手は確実に私の喉元に向かってきた。しかし、それは届かない。

「ぎゃっ!?」

ランディが思い切り殴り、鈍い音とともにエリシラが吹っ飛ぶ。ドサリと音を立てて、エリシラは地面に倒れ込んだ。

「な、なんで……なんでよ……」

つぶやきながら上げたエリシラの顔は痛々しいまでに赤く、鼻血が出ていた。

ああ、血が彼女を朱に染める。きっと私は今なおウットリと恍惚《こうこつ》とした表情をしているだろう。鏡なんて見なくてもわかる。喜びに体が支配されていた。

エリシラは信じられないものでも見るような目でランディを見上げた。次いで私の顔を見て絶句する。言葉を失ったまま、立ち上がることもできず涙を流す。静かに嗚咽《おえつ》を漏らすエリシラの声が、森を支配する。

ほう……と息を吐いて、私はランディを見た。

「ねえランディ」

「はい？」

「……例の人たち、まだなのかしら？」

ああそう言えば、とランディが思い出したように周囲をグルリと見回した。だがそこには静寂が広がるばかりで、目に入るのは風に揺れる木々だけ。

ランディは懐中時計を取り出して、ため息をついた。

「とうに予定時刻は過ぎていますね。まったく、ああいう連中は時間にルーズだから困る」

「でも、お陰でエリシラとゆっくり話す時間ができたわ」

「そうかもしれませんが、僕としてはとっとと済ませてしまいたいですよ」

そんなことを言うランディに苦笑する。気持ちはわかるけれど。

「来ないなんてことは、あるの？」

その問いには軽く肩をすくめるのみ。ランディにもわからないということか。

まあたしかにああいった連中が、約束を絶対守るとは思わない。来ない可能性も考慮して動くべきだ。

「来なかった場合の、次の手はあるの？」

「複数考えていますので、ご安心を」

そう言って、ランディはこの場で会ってから初めて、ニコリと微笑む。

いまだエリシラは地面から上半身を起こすのみで、立ち上がろうとはしない。何を考えているのやら。

そう思ったときだった、遠くのほうから何かが聞こえてきたのは。

またも鳥が飛び去る音が聞こえ、馬の足音、次いでガラガラと馬車と思わせる音が響いてきた。

森を踏み荒らす足音、大きくて騒々しい声はどんどん近づいてくる。

「ああ、ようやく来たようですね。やれやれ」

ランディがため息交じりにそう言うのを聞きながら、私は音のするほうへ目を向けた。

「おや、お待たせしちまったかね」

現れたのは、細い目をした男。頬《ほほ》がこけているが、脆弱《ぜいじゃく》さはなく無駄な肉を限界まで落とした鋭さを感じさせる。適当にカットしたであろうバサバサの髪を、これまた適当に後ろで結ったのを撫でながら、男は近づいてきた。ニヤニヤと、下卑《げび》た笑いが気持ち悪い。

「それ以上近づくな」

ある程度の距離までできたところで、ランディが制止の言葉を投げた。男は素直に従い、その場で立ち止まる。おそらく男の背にある長剣が届かない距離だろう。

「こりゃ失礼。お貴族様は警戒心が高いことで」

「お前らのような下衆《げす》な輩《やから》相手に、警戒心を持たぬ者がいると思うか」

「そりゃそうだ」

男はそう言って、グヒヒ……と笑う。その直後、一斉に似たような笑いが男の背後から上がった。男の後ろには、十数名の荒くれ男たちが立っていた。ボロボロで汚い服に、何日も風呂に入っていないような薄汚れた肌をさらして、ニヤニヤと唇を歪《ゆが》ませる。そしてみんなが同じように剣や弓矢や槍《やり》や斧などの武器を背負っている。

誰も彼もが異なり、けれど同じように鋭くどす黒い光をその目に宿していた。値踏みするような視線に気分が悪くなる。

一目瞭然《いちもくりょうぜん》。彼らは荒くれ者の集まり、野盗だった。無法者、ならず者、ごろつき。どの言葉で表現しても彼らはふさわしい。群れを成し、旅人を襲う。闇夜にまぎれて人家に忍び込み、盗みも行う。実に厄介で恐ろしい連中だ。

そんな連中のとある一団が目の前にいる。知らず知らずのうちに私の喉は上下した。緊張ゆえか恐怖ゆえか。

直後、庇うように私の前にランディが立った。私の緊張に気づいたのかもしれない。目の前にある背中に少し安堵《あんど》して、私は「大丈夫よ」と声をかけた。少し横にずれてくれたけれど、いまだ視界の半分以上がランディの背中で覆われている。

「約束のものは？」

私のことなど気にもかけずに、細目の男が――おそらくリーダーであろう――ランディに声をかけた。

「ここに」

そう言って、ランディは懐《ふところ》から袋を取り出す。ジャラリと音を立てる重そうなそれには、約束通り相手が満足する額のお金が入っている。

「ほら、受け取れ」

「馬鹿正直なこって」

そんな簡単に金を渡していいのか。その言葉は暗にそう言っているのだろう。金を渡したら襲われる可能性も考えておけ、ということか。

だがそんなことを言いつつも、男は投げられた金を受け取り中身を確認したあと……特に何をするでもなくこちらを見ていた。

「それでしばらくは事足りるだろう。大人しくしておけ」

「ひひひ、そりゃまあ。俺らの仕事はこう見えて信用第一だからな。約束は守るさ。ま、三ヶ月くらいはな」

「ふん、下衆《げす》が」

「なんとでも」

吐き捨てるようなランディの言葉にも動じず、男はまたヒヒヒと笑う。

これは貴族と賊との契約。大きな領土内で、こういった輩《やから》を完全に排除するなど不可能。滅ぼしても次から次へと湧いて出てくるのだから。

だから大きな集団に対しては、こうやって貴族が飼いならすこともあるのだ。

どんな貴族でも裏では汚れ仕事が必要になることがあり、それを実行するのが彼らのような存在だ。

けっして貴族社会が綺麗《きれい》な世界ではないことを……貴族の娘であり、一時は公爵夫人をしていた私は知っている。きっとお父様だってこういう連中との繋がりがあるだろう。

今目の前にいる連中もそうだ。これはランディの父である侯爵様が取引している連中だ。だから金さえ払えば何もしてはこない。ずいぶんと長い付き合いになるとランディは言ってたっけ。次期侯爵である彼に刃を向けるほど、馬鹿な連中ではないということか。

「ですがねえ」

金を懐《ふところ》にしまって、含むような笑みを浮かべながら男は続けた。

「三ヶ月は長い。実に長い。……退屈するのは我慢ならねえ」

「わかってるさ」

男が何を言わんとするかわかっている。ランディはそんなふうにうなずいて、後ろを振り返った。

真後ろには私がいる。

だが彼は私を見ていなかった。彼が見ているのは、もっと後ろ。私の背後、まだ地面に座り込んだままのエリシラを見て、ランディの目は細められた。

「アルビナ、こちらへ」

そう言って彼は私の手を引いて、野盗から遠ざけた。大木に背を向けて立ってくださいと言われ、言われた通りにする。念のためといったところか。

私を移動させてから、ゆっくりとランディは歩いていった。歩いて、しゃがみ込んでエリシラの顔を覗き込んだ。

「ランディ……？」

いまだ鼻血で顔を汚し、涙でグシャグシャの妹は、恐る恐る顔を上げてランディを仰ぎ見た。私に背を向けた状態なので、ランディがどんな表情をしているのかわからない。だが、エリシラの表情からして、けっしていい顔をしていないのだろう。

そんなエリシラの眼前にスッと手を差し出す。

無言で差し出されたそれに戸惑い、エリシラはランディの顔と手を交互に見た。

結局、エリシラはその手を取ることを選ぶ。おずおずと手を掴んだエリシラを、ランディは紳士的にそっと引いて立ち上がらせた。そして手を握ったまま歩き出す。エリシラはそれに抵抗することはない。

この状況で、なんの警戒心もなしに従うのってどうなのかしら。彼女は身の危険を考えて行動しなければいけない貴族令嬢として生まれたのに、いったい何を学んできたのだろう。私は呆れてしまう。

そしてその軽率な行動は、案の定エリシラを後悔させる。

野盗の男の前に、ランディはいきなりエリシラの背中をグイッと押しやった。

「え？　ランディ、何を――」

「この女をくれてやる」

戸惑うエリシラの声を無視して、ランディは男に告げた。

もういいだろうとランディのほうへ近づいた私は、真っ青になっている妹の横顔を目にする。

一瞬驚いたように片眉を上げた男は、興味深げにエリシラとランディの顔を交互に見る。

「へえ？」

つぶやくように言ったその顔は実に楽し気だ。実際、この状況を楽しんでいるのだろう。

「ランディ!?」

エリシラの顔は真っ青を通り越して白くなっている。

「いいんですかい？　どう見てもいいとこのお嬢さんのようですが」

「かまわん。これは大罪を犯した卑《いや》しい娘だ。気にすることはない、好きにすればいい」

「ランディ！　待って、何を言って……」

必死で名前を呼ぶエリシラを、ランディはことごとく無視して男と会話を続けた。

エリシラは、慌ててランディへ駆け寄ろうとしたがそれは叶わない。ガクンと彼女の体が揺れて、動きが止まったのだ。

細目の男がエリシラの腕を掴んでいた。

「ちょっと離しなさいよ！　汚い手で触らないで!!」

「ひでえなあ、そんなことを言われたら俺だって傷つくぜ」

「ふざけんな！　お前ごときが私に触れていいと思ってんの!?　私は侯爵令嬢なのよ!?」

「そりゃあいい、俺は王様だ」

そう言って男はゲラゲラと笑い出した。他の男どももドッと笑う。

ヤツらにとってエリシラの身分などどうでもよかったのだ。雇い主であるランディが寄越したもの。ならばありがたく受け取るまで。それが賊というものだ。

「いや！　離して！　離せって言ってんでしょ!?」

エリシラはなんとか腕を振りほどこうともがくものの、男の力は緩まずビクともしない。徐々に焦り始め言葉が乱れてくる。

「この！　離せっての！　私はランディと一緒に帰るんだから！　私はランディと幸せになるんだから！」

まだそんなことを言っているの？　私とランディのことをさっき話したばかりだというのに。記憶力が乏しいのかしら？

呆れてため息をついたら、ギロッとエリシラに睨まれてしまった。

「ちょっと、何黙って見てんのよ！　妹が攫われそうになっているのに、黙ってる姉がどこにいるの⁉」

「ここにいるわね」

即答すると、絶句してしまった。ふふ、笑えるわねほんとに。

「きゃあ⁉」

クスクス笑っていると叫び声が聞こえた。見れば、男がエリシラを丸太のように肩に担いだところだった。

「馬鹿、下ろしなさいよ、下ろせ！　あんたくさいのよ、触るな、下ろせぇぇっ‼」

ジタバタ暴れるが、まったく功を奏することはない。一味のもとへ向かって男は難なく歩き出した。男どもから歓声が上がる。

歓声を耳にした瞬間、最悪の事態を感じ取ったのだろう。いよいよやばいと思ったのだろう。エリシラの顔が見る見るうちに険しくなった。震える歯はきっとガチガチと音を立てているだろう。

「い、いや……」

賊の歓声の中で、不思議とエリシラの声が耳に届いた直後。

「いやあぁっ！　冗談じゃないわ、私がどうして……どうして！　助けてランディ！　助けてよぉぉっ!!!!」

騒がしさを一蹴する大声でエリシラが叫んだ。

事実、男どもの声はピタッとやむ。一瞬にして静かになった森の中、エリシラの声だけが響き渡る。

「助けてランディ、助けてよお願い！　バジルのことは悪かったと思ってるから！　ごめんなさいごめんなさい！　謝るから、謝るからあぁぁ！　助けてよ、嫌よ、あなたを愛しているのよ、私はあなたを愛しているのよおぉぉっ!!!!」

耳をつき抜けるような大きな声。担がれた体勢でこんな大声が出せるのかと男たちも私も驚いて何も言えなかった。

ただ、私の頭の中では何かが刺激されていた。この感じ、今のエリシラの言葉が、どこかで聞いたことがあるような気がして。

それはすぐに思い当たり、記憶として頭の中を流れた。

ああそうだ、バジルだ。

『アルビナ！　待ってくれ俺が悪かった！　俺がすべて悪かった！　許してくれ、どうかゆるし……いや、助けてくれ！　俺を助けてくれアルビナ!!』

鼻水を垂らしながら、そうバジルは泣き叫んでいたっけ。

なんだ、あなたたちは似た者同士なのね。意外にお似合いだったのかしら？　同じように許しを請い、同じように助けを懇願した二人。愚か者の最後の言葉は、同じように愚かということか。

それがおかしくてクスクス笑っていたら、ランディがスッと一歩前に出た。だがそれ以上は近づかない。エリシラが伸ばした手は遥か遠い。

「僕は愛していない」

無表情でエリシラを見つめるランディはたったひと言そう告げる。

「だが」

ランディの言葉はそれで終わりではなかった。

うなだれかけたエリシラはバッと顔を上げて彼を食い入るように見つめる。期待に満ちた目で見つめてくる彼女の視線を気にすることなく、ランディは淡々と言の葉を紡ぐ。

「僕にではなく、アルビナに謝罪するなら、少しだけ許してあげてもいい」

「――え？　何冗談言って……」

「僕は大真面目だ」

鼻で笑うエリシラに、ランディは素っ気なく言った。その声音に、表情に、本気が見て取れたのだろう。すぐにエリシラの顔が歪《ゆが》んだ。怒りの形相《ぎょうそう》となる。

「は？　ふざけないでよ」

「……」

「謝る？　その女に？　私が？　冗談じゃないわよ、なんでそんなことしなきゃいけないのよ!!」

「エリシラ……」

「黙れ！　ふざけんな！　謝れですって⁉　むしろ私に謝ってほしいわよ！　私に色目を使うような男を夫にして私をおとしいれて、結果私は刺されて子どもができない体になって!!　なのにその女は！　あろうことか私の男をたぶらかして肉体関係もって……挙げ句の果てに妊娠ですって⁉　冗談じゃない、冗談じゃないわよ！　被害者は私！　私が被害者なのよ！　謝れですって⁉　お前が私に謝れ!!　謝れ謝れ謝れ!!　ふざけんなふざけんな、ふざっけんな!!!!」

ヒステリックに叫ぶエリシラは、最後のほうはしわがれた声で、それでも叫び続けた。

「はあ、はあ、はあ……」

肩で息をしながら、私とランディを睨む。美しかった紫紺の瞳は今やどす黒く、濁った光を宿していた。

シンと静まりかえる森。大勢の人間がいるとは思えない静けさが横たわる。

ややあって、パチパチパチ……と場違いな拍手が響く。

「いやあすげえ、姉ちゃんすげえなあ。いい声してるわ」

野盗の頭である、細目の男だった。男はニヤニヤしながら、エリシラを肩に担いだまま器用に手を叩き続ける。

「その声なら、さぞやいい声を出してくれるんだろうなあ」

「――!!」

エリシラは男が言わんとすることを理解し、慌ててまた暴れ出した。それをものともせず男はズンズンと歩く。

「いいんっすよね?」

「……ああ」

男は一度だけ振り返り、一応の確認をする。少しの間があってランディは簡潔に答える。

いよいよエリシラは言葉を失い、暴れることも忘れてランディを見つめた。こぼれんばかりに瞳を見開き……それは伏せられた。

きっとこれが最後。エリシラとはこれでお別れとなるだろう。言うべきことは、今言っておかねばならない。

「エリシラ!」

私はランディの服を掴んで、そしてエリシラを見た。

呆然とした顔で、ゆっくりとエリシラは私を瞳に映す。聞いているのかどうかもわからない虚ろな顔に向けて、私はニッコリと微笑んだ。

「よかったわね、エリシラ。ランディは本当にあなたを愛していたのよ」

「――は？」

この状況で何を言っているのだ、この女は。そう目が語っている。だが気にすることなく私は言葉を続けた。

「ランディはあなたを本当に愛していた、心から愛していた、それは嘘じゃないわ」

「だから何よ」

力なくエリシラが答える。少なくとも私の言葉が届いているということだ。

「愛してたからこそ、その愛が大きかったからこそ、それがそのまま……憎しみとなったのよ。これはランディの憎しみそのもの、憎しみがこれほどまでに大きいのは……それだけあなたを愛してたってことよ！」

これは本当だ。

愛憎という言葉は本当によくできていると思う。愛すれば愛するほど裏切られたとき、こんなにも簡単に憎しみに変わる――そう、私は知った。

そういう意味では、私のバジルへの憎しみは可愛いものなのかもしれない。

私はランディの憎しみの大きさがわかったからこそ、エリシラへの仕打ちに口出ししなかった。

バジルの島流し先の変更が私の望みであったように、これはランディの望み。彼が望んだ結末だから。

「ああそれから」

私は言葉を続けた。バジルには教えてあげたのだから、あなたにも教えてあげないと不公平よね。だから真実を教えてあげる。

「あなたあのとき、バジルの子どもを妊娠したと思ったでしょ？」

ニコリと微笑んで、私はエリシラに告げた。

「……それが何よ」

不機嫌そうな声を出すエリシラ。嫌なことを思い出させるなというところかしら。

「あのね、あのときバジルは生殖機能に問題があって、妊娠は不可能な状態だったのよ」

「は？　何言って――」

「つまり、あなたは妊娠していなかったってことなの」

そう告げた瞬間。エリシラはこれでもかと大きく見開いた目で、信じられないものを見るかのように私を見つめるのだった。震える唇が動く。

「そ、んな……嘘よ、そんなはずないわ！　だって私はたしかにあのとき、気持ち悪くなって吐いて――」

「お医者様にお願いして、吐き気をもよおす薬を処方してもらったのよ」

「そんな……そんなものいつの間に!!」

「あなた乾杯のとき、誰からグラスを受け取った？」

言われた瞬間、エリシラは勢いよくランディを見た。

そう、あなたはたしかに受け取ったわよね。乾杯のときグラスを受け取ったわ――ランディから。

「ははは……」

その事実を思い出したのか、エリシラはワナワナと震えだす。次いで乾いた笑いが漏れる。

「は、ははは……やられた、やられたわ……完全にしてやられたわ！　あは、あはははははは!!!!」

その目からとめどなく涙を零しながらエリシラは笑い続けた。声がかれても、ゴホゴホと咳き込んでも、ただひたすら笑い続けた。

徐々にその声は小さくなり、ひとしきり笑ったところで急にそれはパタリと止む。笑うことに――すべてに疲れたのか、その体からダランと力が抜けた。

それを確認し、エリシラを担いだ男は歩き出す。そして馬車、と言うにはボロボロの荷車にのった箱にエリシラを押し込む。

その瞬間、エリシラが弾《はじ》かれたようにバッと顔を上げる。向けられる視線。

その目は語っていた――私に向かって。

（助けて……）

（アルビナお姉様、助けて……）

けれど、最後まで言葉を発することはなかった。エリシラは、けっして私には助けを求めない。

無言のまま箱は閉じられる。

ギュ……と、知らず知らずのうちに私は胸元で拳を握りしめていた。

もし、エリシラが声を出していたら。もし、謝罪の言葉を口にし、助けを求めていたら。私はいったい、どうしていたのだろう……？

「ひょー！　お頭、これが新しいオモチャですかい⁉」

「そうだ、旦那からの初めての現物支給だ！　思いきり遊ぶぞ！」

「にしてもえらい別嬪《べっぴん》さんだなあ！　こりゃ楽しみだ！」

「あの紫の髪がたまらんな、切ってオイラがもらってもいいですかい⁉」

「いいなあ！　じゃあ俺は×××が欲しい！」

「俺は×××をしてみてえなあ！」

「じゃあ俺は×××をしたいぜ！」

そのあまりに下劣で醜悪な言葉に、思わず私は顔をそむけた。

「聞かないほうがいい」

ランディが私の頭を優しく包んでくれる。その温もりに少し安心して一度目を閉じ、そして開く。

そっとランディの胸元を押して、私は顔を上げた。

「大丈夫よ」

心配そうなランディにそう言って、私はしっかりと己の足で立って前を向いた。

「じゃあ旦那、また三ヶ月後に！　もしくは仕事がありやしたらいつでも！」

「ああ」

ランディの短い返答を気にすることなく、細目の男は片手を上げてそのまま振り返りもせず歩き出す。ガラガラと大きな音に騒々しい足音、舞い上がる砂煙。来たとき以上に賑やかに、彼らは去っていった。

森に静寂が戻るまで、私はずっとその場に立ち尽くしていた。そしてまた森に静けさが戻ったとき。

「どうぞ」

不意に、スッとハンカチが差し出された。

「？」

見れば、ランディが心配そうに見つめている。

「使ってください」

「――え？」

言われて気づく。

私は泣いていた。ポロポロと、とめどなく涙を零している。これはいったいなんの涙なのか。すべてを終えたことへの安堵《あんど》か喜びか。それとも――

わからぬまま私はただ涙を流し続ける。そよ風が吹いて髪を揺らす。

ややあって、私が落ち着いたのを確認してから、ランディが歩き出した。

「さあ行きましょうか。日が暮れる前に目的地まで行かないと」

「そうね」

答えて踵《きびす》を返した瞬間。

『――』

何かが聞こえた気がした。

「……？　どうかしましたか？」

立ち止まった私を、ランディが不思議そうに振り返る。

「いいえ、なんでもないわ」

そう言って、私はランディのあとに続いて歩き出す。風にのって、聞こえた気がした。

『アルビナお姉ちゃま――』

幼いころの舌足らずな声で私を呼ぶ、可愛くも愛しい妹の声が聞こえた気がした。

＊　＊　＊

ガラガラと馬車は音を立てて街道を進む。いつの間にか森を抜け、見晴らしのよい景色が広がっていた。何を見るでもなく、私はぼうっと窓の外を眺める。流れる景色は単調だ。

馬車に乗ってから、私とランディは無言だった。無言のまま馬車は目的地へ進む。

しばらくして、最初に口を開いたのはランディのほうだった。

「大丈夫ですか？」

「何が？」

「いろいろと」

彼は軽く肩をすくめて言った。その『いろいろ』には複雑な意味が込められているのだろうが、私にできるのは同じく肩をすくめることだけ。

これから予定通り私は遠い異国の修道院に行く。

修道院と実家には、エリシラは道中で知り合った男性と駆け落ちしたと伝えることにしている。当然、捜索されるだろうが、妹は見つからないだろう。見つかるわけがない。

取引しているランディの家でも知らない、賊どものアジト。仲介を通してしか連絡がとれない彼らを、両親が見つけるなんて不可能だろう。両親からはいろいろ聞かれるかもしれないが、そこはなんなりと答えようがあるというもの。何せエリシラは傷心ということになっているから。

私のほうは問題ない。むしろ心配なのはランディのほうだ。

「そっちこそ大丈夫なの？」

「何がですか？」

今度はランディが軽く肩をすくめた。

「あの賊のことよ」

私は窓の外に視線をやった。青空の下、鳥の群れが飛んでいる。

「あの賊、一応あなたを主《あるじ》と言ってたけど、実際は侯爵様でしょ？　エリシラのこと、言いつけたりしないかしら」

「それは大丈夫です」

拍子抜けなくらいの即答で少々面食らってしまった。不審げに眉根を寄せる私に、ランディはクスッと笑う。

「父から今後の連中の担当は僕がするようにと言いつかっております。後継として少しずつ仕事を任されていまして……これもそのひとつなんですよ。もともとエリシラと結婚したら、一年以内に正式に侯爵位を継ぐつもりでしたから」

そう言われては、そうなのかとしか返せない。つまり連中はランディとしか接触しないということか。

「それにあの連中が何を言ったところで……誰も信用しませんからね」

なるほど。それもそうかと妙に納得し、ランディが大丈夫と言うなら大丈夫なのだろうと思うことにした。今後のことを不安に思っても仕方ないし、思える立場でもない。

たとえバジルとエリシラが許されないことをしたからと言っても、私とランディがしたことも、やはり許されないことなのだから。

いつか罰を受ける日が来るのかもしれない。

だがそれは今ではない。今ではないことを気にしても仕方ない。

私はまた無言で窓の外を見やる。再び沈黙が訪れ、しばらくして馬車はガタンと音を立てて止まった。

「さ、降りましょうか」

外を確認して、ランディが立ち上がった。私も立ち上がろうとして「あ」と声を上げた。いけない、忘れてた。

「悪いけど、先に降りてくれる？　これを、ね」

私はチラリとランディを見やって、カーテンを引いて窓を塞ぐ。

一瞬キョトンとしたランディだったが、私が指した先を見て、納得したようにうなずいて馬車を降りた。鍵を閉め、すべての窓をカーテンで塞いでから、修道院に行くからと着ていた地味めのワンピースの裾《すそ》をたくし上げる。

「ふう……」

パチンと音を立てて留め具がはずれたとき、思わずそんな声が漏れた。

それもそのはず、お腹にずっと抱えていた、およそ七キロの重りをはずしたのだから。急激に体が軽くなり、私はホッと息をつく。

私の妊娠。それは大嘘だった。そもそも私は清いままなのだ。

これは周囲を欺《あざむ》くために用意した小道具。ベストの形をしており、お腹の部分に重りと膨らみを偽装するための綿が入っている。軽いものにすると、演技が嘘くさくなってバレてしまうのではないかと思い、真実味を増すために重りを入れたのだが……これがかなり大変だった。

「はあ、重かった。世の妊婦さんはこんな大変な思いをしているのね」

親兄姉にバレないようにという気苦労もあったが、何よりこの重さは辛かった。しかし結果としてエリシラをだませたのだから、苦労も報われたというものである。

エリシラにはいくつかの真実を教えてあげたけど、結局これだけは教えなかった。それこそが、私の性格の悪さを物語っているのかもしれない。

「私とエリシラはやっぱり姉妹ということかしら」

私は服を整えて扉へ向かう。その身の軽さが心地いい。

だが、ふと感じた物足りなさに、私は知らず知らずのうちにペタンコのお腹に手を当てていた。毎日お腹に手を当てて、話しかけるという演技をして、それをエリシラに見せつけていた。そんな日々を過ごしているうちに、いつの間にか私は本当にそこに命が宿っているような気になっていたのかもしれない。幸せを――感じていたのかもしれない。

「いつか……」

誰もいない馬車の中、私はポツリとつぶやくように言った。

「また……戻ってきてね……」

そんな資格が私にあるのかわからない。わからないけれど、それでも望みたい。そんな未来を描きたいと思った。

　ガチャリと扉を開けると、外でランディが待機していた。

「お待たせ」

　ランディに声をかければ、手を伸ばしてきた。私はそれに自分の手を添えて、ステップを降りた。

　ああ、身軽で動きやすいわ。ランディに連れられて少し歩くと、目の前にまた別の馬車が現れた。

「修道院まではこの馬車が送ってくれます」

「そう。ありがとう」

　お礼を言って、私はランディの手を離した。

　ありがとう。本当にありがとう。心から思う。あなたがいなければ、私は何もできなかっただろう。きっと今も夫の不在を悲しみ、一人で枕を涙で濡らしながら眠っていた。

「本当に、ありがとうランディ。元気でね」

　きっともう二度と私たちが会うことはない。会えばどうしても辛い記憶がよみがえってしまうから。

　何より私たちは誰にも言えない罪を犯した。だから……

「……アルビナ様。いえ、アルビナ」

　さようなら、と別れの言葉を口にしようとした私に、ランディは真剣な声音で名前を呼んできた。

　なんだろうと首をかしげると、頬《ほほ》に手が伸びてきて触れる。

一瞬ドキリとしたが、苦しそうに眉根を寄せるランディの顔を見て、私の中で何かがスッと冷めるような気がした。

「アルビナ……僕はあなたが――」

「ランディ」

何か言おうとするのを妨げて、私は自分の言葉を口にする。

「遠い異国の地で、願っているわ。あなたの幸せを願っている。誰にも言えないようなことを私たちはしたけれど……してしまったけれど。だけど私は願う」

それ以上は言わないでほしいから。それ以上は言わせたくないから。

「あなたの幸せを。弟のように愛しいあなたの幸せを。ずっとずっと……願っているわ」

私は微笑みを浮かべて、言うのだった。

「弟……」

「ええ。そうはなれなかったのが残念だけど。でも気持ちではそうだから」

ランディはたしかにエリシラを愛していた。愛していたからこその憎しみの大きさを、私は目の当たりにした。そんなあなたの今の気持ちは、けっして愛ではない。

間違えないでランディ。苦しみを分かち合った私たちはたしかに仲間ではあったけれど。ただそれだけの関係。

勘違いしないで。これは真実の愛ではない。

今度こそ永遠に愛し愛される存在をどうか見つけて。互いの幸せを願えるような存在を。

その存在は……私ではない。少なからず、私はあなたにも憎しみを感じているの。真実を知りながら教えてくれなかったあなたに、そんな感情を持っているのだから。

この拒絶があなたへの復讐《ふくしゅう》よ。

言えない言葉を、けれど私の表情から感じとったのか、なんとも言えない目を向けるランディ。

ややあって、寂し気な笑みがその口に浮かんだ。

「ありがとうございます、アルビナ様。あなたも……どうかお幸せに」

「ええ」

うなずいて、私は歩き出した。ランディに背を向けて、馬車へ歩く。

「アルビナ様!」

「?」

ランディが呼ぶ。振り返ると、心配そうな顔をしていた。

「あなたは……これから何がしたいですか?」

修道院へ行く者にかける言葉ではない。その問いは確信だ。私がけっしてずっと修道院にいることはないだろうと確信するその問いかけに、私は知らず知らずのうちに笑みを浮かべていた。

「そうね。旅をしたい、かな。いろいろな世界を見てみたいわ!」

そう言って手を振ると、少しホッとしたようにランディは笑みを浮かべた。

「そうですか。ではどうかお気をつけて。どうか……お元気で!!」

「ええ、ランディも!!」

最後は互いに笑顔で。乗り込む直前に一度大きく手を振って、私は馬車へ乗り込んだ。閉じた扉の向こうを、窓の外を見ることはしない。

走り出す馬車の中、私はただ前を向く。

＊　＊　＊

私は、とうとう一人になってしまったなと思いながら、ガラガラとまた馬車が道を行くなかで目を閉じる。

感じる静けさに、ギュッと自分の体を抱きしめた。

いろいろあった。

短いはずなのに、あっという間だったのに、とても長かった。

知らなければ、バジルに何も聞かなければ始まらなかったであろう今回の件。だが私は、知らなければよかったとは思えない。馬鹿正直に話してきたバジルは、愚かだと思うけれど。

私は一瞬でもあの男を愛したのだろうか？

そうでないとして、バジルがエリシラのことがあってもなお私を抱こうとしたら、自分はそれを受け入れることができたのだろうか？

ありえない未来、なかった未来を考えて私は苦笑した。

「ないな」

思いは簡潔に出た。

今頃バジルはどうしているのだろうか。

考えて、それもどうでもよいと思った。苦しめばいい、せいぜい苦しめばいい。一人の人間の人生を馬鹿にした罪を、せいぜいその身をもってあがなえばよい。

それはエリシラに対しても同じこと。

ただそれでもふと思う、もしランディがエリシラの思いに応えていたらどうなっていたのかと。

婚前に関係を持つことを、ランディが受け入れていたなら？

そうしたらバジルとの関係もなく、エリシラは幸せな結婚をしていたのだろう。今なお私たちは遺恨なく仲のよい姉妹だっただろう。

そう思うと、やはりランディは許せないと思ってしまう。

悪いのはエリシラで、バジルなのだけど。逆恨みとわかっていても許せない思いがある。

そのときだった、ふと窓の外に目をやれば道端に綺麗《きれい》な花が咲いていた。赤に青に黄色にピンク、そして紫。

エリシラの髪のように美しい紫の花を目にして、私は目を細める。

『綺麗《きれい》ね、アルビナお姉ちゃま』

そう言って、笑いながら私の頭に花冠をのせたのは幼いころのエリシラ。それに笑い返したら、彼女は驚いたように目を見開いていたっけ。

『本当に綺麗《きれい》ね、お姉ちゃま……』

その言葉は花冠ではなくまるで私に向けられたようだった。そうではないと、花冠のことだとわかっていても、勘違いしてしまいそうになった。そんな純粋な目を、あのころのエリシラは私に向けていたのだ。

「私は綺麗《きれい》じゃないわ……」

それは誰に向けた言葉だったのか。自分か、別れてしまった妹にか。それとも――幼いエリシラへか。

わからぬまま、私はそっと目を伏せる。瞼《まぶた》の裏で幼い妹が笑っていた。

馬車は走り続ける。それはたしかに修道院に向かっていて……けれど大きな意味ではそうではない。

しばらく走ってから、窓の外を見た。そこには何もない、広大な大地が広がっていた。

ふと先ほどの、別れ際のランディとの会話を思い出す。

『何がしたいですか？』

その問いに、私は旅をしたいと答えた。それは嘘ではない。けれど真実でもなかった。

「そうね、できることなら……」

ポツポツと。誰が聞くわけでもない馬車の中で、小さく私は独《ひと》り言《ご》ちた。

「許されるなら……恋をしてみたいわ」

バジルのような。エリシラのような。ランディのような。彼らのような己の欲のままに動く自己中心的な、人を不幸にする恋は望まないけれど。

それでも、あれほど燃え上がる恋をうらやましいと思ったのも事実。だからもし叶うのなら燃えるような恋を、この身を焦がすような恋をしてみたいと思った。

できないかもしれない。できるかもしれない。それはわからない。誰にもわからない。だけど私は信じたいと思った。私にもそんな出会いがあると……信じたかった。

未来の可能性はこの大地のように無限に広がっているのだから——

第八章　エリシラという女の末路

美しかった姉。優しかった姉。

真実を知っているはずなのに、それでもなお私——エリシラに優しく微笑む姉はやはり美しかった。

愛しかった。そして大嫌いだった。

——ピチョン。

冷たい水が頬《ほほ》に落ちて、私の意識は覚醒する。重たい瞼《まぶた》をそっと開くと、そこは侯爵邸の馬小屋よりも狭く汚い場所だった。床や壁や天井、至るところを這いずり回る気持ち悪い虫に悲鳴を上げたのは最初だけ。今はもう、悲鳴を上げる気力すらない。

気だるい体を動かして、天井を仰ぎ見た。かつて見た白い天井はなく、雨漏りのせいでカビてボロボロのそれがあるだけ。

ここは賊のアジトだ。ボロ小屋の集まりの、さらにボロい場所に私は押し込められていた。最初のころは一切外に出られず、足には鎖まで繋がれていた。

なぜこんなことになってしまったの。どうして私はこんな目に遭っているの。

答えは簡単。アルビナお姉様とランディが私を裏切ったから。

「いいえ、違うわね」

思わず声に出す。ボロボロの、寝台とも呼べないそこに寝転がりながら、私は自分の考えを否定する。

「先に裏切ったのは私」

大好きだった、大嫌いだったアルビナお姉様。花冠が似合う彼女から冠を奪い、私のものにした。愛している、愛していた婚約者のランディ。彼の思いを踏みにじった。

止めることはできたはずなのに、私はそうはしなかった。自分の欲求を満たすことに夢中になった。

理解している。わかってはいる。だが――

「後悔なんてしてない」

あの背徳感という美酒は、到底やめられないものだった。

もし時が戻ったとしても、私はきっと繰り返す。何度でも同じ罪を繰り返すことだろう。

それに、私は現状にそれほど不満はないのだ。

自慢だった美しい髪は見るも無残に切り落とされ、手入れされていないためボロボロで汚くなった。湯あみなどなく、雨水で体を拭く程度の肌は荒れに荒れ、変な色になっている。過去の自分が今の私を見れば、きっと鼻を押さえて顔をしかめるだろう。それどころか、逃げ出すかもしれない。

そんな自分の現況を受け入れている。

毎日のように痛い思いをするのに。汚い荒くれ者どもが恐ろしいことをするのに。それでもそれさえ済めば、食事を与えられこうやって一室を与えられ過ごせる。

何より私の知らない世界を知ることができた。

そんなふうに、この荒《すさ》んだ現状をいいように捉えている私は、すでに異常をきたしているのかもしれない。

いや、私はもともとおかしかったのだろう。今が普通なのかもしれない。

姉の夫と関係を持ち、快感を得ていた私。愛する人を裏切る行為に楽しみを見出していた私は、ずっとおかしかったのかもしれない。

不意に小さな物音が聞こえて、思考が途切れる。

考えながらウトウトしてはすぐにまた目を覚ますというのを繰り返していた私は、ムクリと体を起こした。

部屋はまだ暗かった。時間はわからないが、夜だということは理解できる。この部屋に明かりはない。あるのはかすかに入る月明かりだけ。

賊どもが賊として行動するのは、ほとんど夜。ヤツらは日が昇れば戻ってくる。戻る前には起きていなければならないので、眠れるときにできるだけ眠っておきたい。

だがどうしてももう一度眠れなかった。何かが気になるのだ。

こんなボロ小屋は風が吹いただけで音がするし、ネズミも這いずり回る。

音などもう気にならなくなったというのに、今かすかに聞こえた音がやたらと気になる。ここに住むようになってから、妙に研ぎ澄まされた感覚のせいだろうか。何かがおかしい、と思った。

「誰？」

考えるより先に口が動いた。

「誰かいるの……？」

それは直感。気のせいではないと、私の中の何かが告げている。

今、この賊のアジトには見張り番が数名残るのみ。そいつらが任務を放棄して私の所に来るはずがない。

けれど、たしかに私は感じたのだ。誰かがいる、と。賊ではない誰かが。

二度の誰何《すいか》に反応はない。

そのとき、風が戸をガタリと揺らした。思わずビクッと体を震わせて、そしてそこに誰かがいることを確信する。扉と呼ぶにはボロボロのそれの隙間を月がわずかに照らし、足が少しだけ見えたのだ。

「誰なの？　人を呼ぶわよ」

今、声を上げれば即座に賊がやって来るだろう。侵入者が何者かは知らないが、荒くれ者どもに敵うとは思えない。この国はもう長いこと平和続きで、剣は飾りに等しかった。常に命のやり取りをしている賊を相手にできる者がいるかどうか。ただ、侵入者もまた賊なら話は別だが……もしそうだとしたら、このようにひっそりとやって来るはずもない。

アジトはほぼ無人だ。略奪するなら今が好機。それなのにそこに佇《たたず》む人物は、ただ無言でいるのみ。

意図がわからず、私は首をかしげる。そして立ち上がろうと手をついた瞬間、足が見えなくなった。

「待っ――」

「帰りたいか？」

声をかけようとするより先に、相手が声を発した。聞こえた声に息を呑む。

姿も顔も見えない。けれど懐かしくも愛しいその声を、私が聞き間違えるはずもない。

「ラン、ディ……？」

かつての恋人。かつての婚約者。結婚直前までいったけれど、永遠に夫となることはなくなった。

「ランディなの？」

震える声で名を呼ぶも反応はない。私はすぐさま立ち上がり、戸に駆け寄ろうとして――足に痛みが走り、その場にうずくまってしまった。ボロボロになった靴はとうになく、素足での移動では怪我が絶えない。

昔なら、痛みで動きを止める私にランディは慌てて駆け寄ってくれただろう。そうして心配した表情で私の顔を覗き込み、それからすぐに医師を呼んでくれて手当てさせただろう。

だがそこにいるはずの人は微動だにしなかった。息を呑む気配もない。私の行動になんの興味もないといったような気配だけを感じさせる。

痛む足に顔をしかめながら、私は戸のほうへ顔を向けた。

「ランディなのでしょう？　どうして姿を見せてくれないの？」

ランディが来た。ここへ来た。

あの別れの日からどれくらいの月日が過ぎたのかは知らないが、確実に三ヶ月以上は経過しているだろう。となれば、ランディはとうに賊と再び接触している。当然私の状況も聞いているはずだ。

そのうえで会いに来てくれたのだ。期待せずにいられようか。

「怒っているの？　ごめんなさい、あのときの私はどうかしていたわ。ここでの生活でよくわかったの、私にはあなたしかいないって。心から反省したわ、本当にごめんなさい。アルビナお姉様にも謝るから。謝るから、だから……」

「アルビナ様はもういない」

「え？」

「彼女は遠い場所へ行ってしまった。もう彼女はいないいんだよ」

「それはどういう……？」

「いないんだ」

いなくなったとはどういうことなのか。行ってしまったとはどういうことか。

たしかあの人は妊娠していた。大きなお腹になっていたから、もう生まれていてもおかしくないだろう。

考えて、すぐにとある考えが頭に浮かんだ。

「ひょっとして……身罷った、の……？」

女性にとって出産は命がけで、産後の肥立ちがよくなくてそういうことがあると聞いたことがある。

しかし、まさか自分の姉がそうなるとは思ってもいなかった。兄嫁もリーリアお姉様も、出産は無事に終えた。

なのに……アルビナお姉様が？　いってしまった？　逝って……しまった？

「は、はは……そう、そうなのね……」

ハッキリと言わないランディの雰囲気に、私はアルビナお姉様がお産で亡くなったのだと確信した。

「あは、あははははは！　そう、そうなのね！　死んだの？　あの人死んじゃったの？　あはははは！」

実の姉が死んだというのに笑いが止まらない。顔を押さえて、ひたすらに笑い続ける。

――私はもう狂っているのだろう。

「ざまあみろ!!」

叫んで私は天井を仰ぎ見た。

目に映るのはボロい天井なんかじゃなく、かつて見た姉の最後の姿だ。寂し気な目をしながら、そのくせ私を助けようとしなかった悪女の姿だ。

「ざまあみろ、ざまあみなさい！　私をこんな目に遭わせた報いよ！　あははは、神様はやっぱりちゃんと見てくれているのね！　そうよそうよ、どうして私がこんな目に⁉　あいつが悪いのよ、すべてあの女が……‼」

ひたすらに私は叫び、笑い続けた。

――ああ、雨が降っている。割れた天井の隙間から雨漏りしてるわ。

私は頬《ほほ》を濡らす水を拭いもせずに、ただただ笑う。喉が枯れても。声が出なくなっても。むせながら、笑い続けた。

いつの間にかランディの気配は消えていた。結局、本当に彼だったのかどうかもわからない。顔を見ることも叶わなかった。

だがそんなことはもうどうでもよかった。

アルビナお姉様が死んだ。そのことが、たまらなく楽しくてうれしい。

そして、たまらなく悲しかった。

うつむくと雨がポタポタと床を濡らした。私の足元だけに雨が降り注ぐ。目から頬《ほほ》へつたう雨水は、私の残り少ない水分を奪い続ける。

重たい足を動かし、ガタガタと音を立てて戸を開けた。足の痛みなどもう感じない。外へ出れば、細い月が空に浮かんでいた。

今さら私が逃げ出すとは賊も思っていない。最初のころにつけられた足首の鎖はとうになく、戸も簡単に開き、見張りは皆無。大声で笑うが、様子を見に来る者は誰もいなかった。

ズルズルと引きずるように足を動かして、無造作に雑草が生え石がゴロゴロ転がっている荒道を歩いた。草が足を切りつけ、石が足を傷つけるのも気にしない。

ふと視界の隅に映った青に歩みを止める。私はその青の前にしゃがみ込んだ。

そこには、粗暴な連中が住まう場所に相応《ふさわ》しくない、小さくて可愛らしい花が咲いていた。

赤に青に黄色にピンク、そして紫。かつて見た侯爵邸庭園の花々には及ばないけれど、小さく儚い花は健気に咲いている。

それを私は容赦なく手折った。

「～～～♪」

誰もいない荒れ地で、私は鼻歌を歌いながら震える手で花々を編む。

「できた」

花冠が完成し、それを掲げて月に照らす。

とてもみすぼらしく、冠という言葉がまったく相応《ふさわ》しくないけれど、私には何よりも美しく見えた。月明かりに照らされたそれに思わず目を細めてつぶやく。

「綺麗《きれい》ね、お姉様」

幼かったころ。私が作った花冠を頭にのせて、微笑んだ姉が空に浮かんだような気がした。

「とても綺麗《きれい》ね……アルビナお姉様……」

夜空に浮かんだ姉は、とても美しかった。

◇　◇　◇

小さな花でどうにか作り上げた花冠を掲げる女が一人。

かつてのエリシラの婚約者は、その様子を遠くから見つめる。そして、苦し気に目を伏せた。

侯爵家の当主となり、賊のアジトをつき止めるなど造作もないことだった。まだ生きていると賊の頭《かしら》から直接聞き、かつて愛した女の現状を見にきたのだ。

それは情ゆえか、それとも過去への決別のためか。結果、過去は過去のものとなる。

エリシラに反省の色は見えなかった。帰りたいか？　という問いに縋《すが》ることもなく、勘違いでアルビナを死んだと思い込み、ただ笑い続けていた。それを見ても自身の心に波立つものはなんら感じられなかった。情も悲しみも虚しささえも。彼女への思いがすべて消えたのだ。

その瞬間、かつて彼女を愛した男はポッカリ開いた胸の穴が埋まるのを感じた。

「さようなら、エリシラ」

いまだ月に花輪を掲げ続けている女に、静かに声をかける。声は女には届かない。だがもう一度言うこともなく踵《きびす》を返した。

エリシラに向けた背が振り返ることは二度とない。

手折られた花の花びらが一枚、風にのり頬《ほほ》をかすめて——闇へ消えた。

第九章　新しい出会い

「妹さんの教育係をお願いできないか、とのご要望をいただいたのですが」

修道院で穏やかな日々を過ごすようになって、一年が経ったころ。とても暑い夏の日のこと、責任者である年配のシスターが、おずおずと私に言った。

ようやく慣れた修道着は、けれどとても着心地が悪く、冬は寒くて夏は暑い。流れる汗に不快感を覚えて眉をしかめていたときのことだ。

「教育係、ですか？」

「はい。アルビナさんの所作をご覧になったようで。ぜひとのことなのですが、いかがでしょうか？」

「それは……」

私は返答に窮する。

朝は祈りを捧げ、午後から奉仕活動を行う。合間に、たまに来る家族からの手紙に返事を書く。同じような日々が淡々と続き、奉仕活動以外では外部と接触する機会はほとんどない。

ここでの生活は実に単調で、平和だった。

だというのに、わざわざ私を名指しで教育係を依頼？　誰がどこで自分を見かけ、そのような依頼をしてきたのか。

「なんでも奉仕活動をなさっているときのアルビナさんを、お見かけになったとか」

私の不信感を読み取ったのか、シスターは慌てて説明する。

偶然私を見かけたというのはわかった。だがどうして修道女に教育係を頼むのかしら？　考えられるのはもともと令嬢だった私を知っているということ。それに教育係なんて、庶民には不要なものを頼んでくる相手の身分は限られる。

「教育係ということは……貴族の方なんでしょうか？」

「あまり詳しくは存じませんが、たしかここから馬車で半日くらいのデシルト辺りを統治されている侯爵家の方、だそうですよ」

その土地はそれほど広くない。侯爵なのに？　と思わないでもなかったが、爵位が高くてもその地位に見合ったものを持てるとは限らない。ましてやここは異国の地。母国とはまた違うのだろう。

「私が元貴族だとご存じ？」

「それはさすがにないでしょう。ここはずいぶんと田舎ですし、ましてやアルビナさんは遠い異国の方。よほどのことがない限りは……ですが、所作から貴族出だと察しておいでのようでした。この修道院には、元貴族の令嬢も大勢いらっしゃいますからね」

そう言って、皺《しわ》が深く刻まれた顔のシスターは優しく微笑んだ。

たしかにこの修道院にはそういった人が多い。見ていて、なんとなくそうなんだろうなとわかる女性は何人もいた。私もそう見られているのだろう。もう一年、まだ一年。貴族としてのクセが抜け切れていないということか。

「ですが、それなら他にも候補はいらっしゃるでしょうに。どうして私なんでしょう？」

「さあ……たまたま見かけたアルビナさんがお気に召したのでは？　ですが縁とはそういうものではありませんか？」

たまたま見かけて選んだ、か。なんだか嫌な記憶を刺激するような話。

思い出されるのはかつての夫、バジルのこと。彼もたしか、学園でたまたま私を見かけて……とかではなかったか。

まったくもって最悪の縁だった。

それがトラウマとなっているせいか、『たまたま見かけたから』で選ばれるのはあまりうれしくない。いや、あまりではないか、非常に、だ。

「お断りしましょうか？」

そんな思いが顔に出てしまったのだろう。心配そうな顔で言われてしまい、慌てて首を横に振った。

「いいえ。すみません、ちょっと嫌な過去を思い出したもので……。お話自体は光栄に思いますから、一度お会いしたいです」

正直、いつまでもここで厄介になるのは申し訳ない。多額の寄付をしているので気にしなくてもいいのかもしれないが、私自身ここで一生を終えるのは……少し寂しいと思っていたのだ。

旅に出たいとランディに言ったことは嘘ではないが、そうするには私はあまりに世間知らずだ。修道院から出て働くのは、第一歩となってよいかもしれない。別にこれは縁談ではなくただの仕事のお誘いなのだから、身構える必要はないだろう。

ニコリと微笑んでそう答えた。

「それはよかった。あなたの体はもう大丈夫だとしても……心の傷はまだ難しいのではないかと気がかりで。でも、私の一存でお断りするのもよくないと思いましたの。一応こうやってお聞きしましたが……本当に、嫌ならお断りしてもいいのですよ？」

複雑な面持ちのシスターにどう返せばいいかと、私は苦笑した。

「体はもちろんのこと、心の痛みもずいぶんとマシになりました。このまま修道院で静かに生活するのもいいのですが、環境を変えるのもまた、心身にはよい気がするのです」

そう言うと、シスターはホッと息をつく。

「では、先方に一度会ってお話をお聞きしたい、と伝えておきますね。お返事があればまたお知らせします」

そう言って去っていく。

それを見送ってから、私はそっとお腹を撫でた。かつてここには膨らみがあった。実際には何も存在しなかったのだが、世間では妊娠していることになっていた。

修道院への道中で妹が失踪。それにショックを受けて私は倒れ、そして子どもはお空へという話になっている。あらかじめお金を渡し、口裏を合わせるよう頼んでおいた病院で療養させてもらった。

修道院に着いたのは、その一ヶ月後。

前もって妹と子どもの話を知らせていたので、着いてしばらくは腫れものに触るように扱ってくれた。嘘をついている手前、心から心配してくれるシスターたちに申し訳なく思ったものだ。

とはいえ、喪失感が大きかったのもまた事実。そんな私の表情がより真実味を増させたのかもしれない。

そしてここでの生活が半年ほど過ぎたころ、そろそろここを出たいな、と漠然と考えるようになったのだ。

外に出るためのキッカケ、それもお仕事をもらえるという条件は、こちらとしても願ったり叶ったりなわけである。それにまだ話を受けると決めたわけではない。とりあえず相手と会ってみて、それから決めればよい。

「初めまして、侯爵家の当主ロスルド・ライチェスと申します」

修道院からの連絡を受けてすぐにやってきたのは、侯爵ご本人だった。

彼は癖のある茶髪の頭を掻きながら、頬《ほほ》をほんのり赤く染めて自己紹介した。人柄のよさそうな柔和な笑顔を浮かべている。

その赤らめた顔を見たときはなんとなく嫌な予感がしたけれど、真面目な人柄を表すように仕事の契約内容はしっかりしていた。契約書は問題なく、条件も非常によかった。修道院を出たいという思いもあり大丈夫だろうと判断した私は、彼の幼い妹の教育係を引き受けたのだ。

お世話になったシスターたちにお礼とお別れの言葉を述べて、早々に引っ越しが完了し……侯爵家での生活一日目。

私が教育係として担当することとなったのは、ロスルド様の妹。彼によく似た、茶髪にそばかすが可愛らしい十二歳になったばかりのミリス様だった。

「この方がお兄様のお嫁さんになる方ですよね!?」

彼女は私をひと目見た瞬間にそう言った。ロスルド様は真っ赤になって、大慌てでミリス様の口を塞ごうとする。が、それは失敗に終わった。

「どうして隠すの!? ひと目惚れしたって言ってたじゃない!!」

ミリス様はその手を回避しながら大声で叫び走り回る。

その発言に私は触れず、淑女《しゅくじょ》たるもの大声を出しながら走り回ってはいけませんよ、とミリス様に注意する。そうして侯爵家初日は終わってしまった。

何も聞いてない、私は何も聞いてはいないと心の中で繰り返す。ロスルド様の思いに気づかぬフりをし、賑やかで穏やかな教育係としての生活を始めたのである。

だが、平穏とはなかなかに難しい。毎日のようにロスルド様が話しかけてくるのだ。

この家に、早く慣れようと屋敷内を散策していれば。

「いい天気ですね」

会話の口火にするのにピッタリな、けれど使用人に対するものとしては意味不明なことを話しかけてくる。差しさわりない返事をして、そそくさとその場を離れるのだが、正直めんどくさい。

部屋でのんびり本を読んでいると。

「一緒にお茶をどうですか？」

そう誘われるのも日課となっている。もちろん使用人だからと丁重にお断りするのだが……いつも寂しそうな顔で帰っていかれるので、まるで私が悪者のようだ。

食事を一緒に、などは言語道断。ただ、ミリス様がちゃんと食事のマナーを覚えているかを見るために控えていたことは何度かある。ミリス様の所作を給仕と並んで立って見ているだけ。

私はたしかに元侯爵令嬢だが、修道院に入った時点で身分のない平民となった。そもそもここは母国ではないので、元侯爵令嬢という肩書はなんら意味を成さない。私は侯爵とともにいられる身分ではない。

なのに！　どうして！　私の冷たい態度にもめげずに話しかけてくるの⁉

「アルビナさん、おいしいお菓子が手に入ったのですが。ミリスと一緒にどうですか？」

「ロスルド様、私はこれから明日の授業の準備がありまして……」

「あ、明日はミリスに用事ができたから、授業はなしでお願いします。ですので、明日の準備は必要ありません。今日はもう仕事はいいんじゃないでしょうか？」

「いえ、よくありません。それでは明後日に向けての準備を……」

「そうか、じゃあお茶にしましょうね」

人の話を聞いてください！

いつもはポヤンとした感じのロスルド様だが意外と強引で困る。何より少しばかり頬《ほほ》を赤らめながら私に向ける熱い眼差し、その明らかに好意のある視線に私は困惑するばかりだった。

そんな目を向けられたことなど、一度もなかったから。

バジルに見初められるまで（という言い方は実に腹立たしいのだけれど）、そういった話はまったくなかった。自分が殿方にとって魅力的でないことは嫌でも自覚している。

だというのに、どうしたことか、ロスルド様の視線は心の奥がくすぐったくなる。どう反応していいのかわからなくなる。

だから私は今日も無表情を貫く。

ロスルド様の用事ということで、一度だけ一緒に街へ買いものに行った。しかしながら用事はなかなかなされず、やれあの店のお菓子がおいしいだの、やれあの店には流行《はや》りの女性の服がだの……私のために店を巡っているようにしか思えなかった。

困惑している私の前に、スッと何かが差し出された。それは本の栞《しおり》だった。

「もらってください」

綺麗《きれい》な花があしらわれたそれを前に首をかしげていると、そう言って渡してきた。私がお礼を述べると、ロスルド様は耳まで真っ赤になる。

くすぐったかった思いが、音を立てて別のものに変わる瞬間。何気ない日常。日常の中の幸せ。

それがなんだか……恐かった。

そんな実にむずがゆくも平和な日々を送ること、早一ヶ月。だいぶ環境に慣れ、一人で屋敷の廊下を歩いていると、不意に声をかけられた。

「あなたが元侯爵令嬢アルビナ？」

どうして私が元貴族であることを知っているのか。

驚いて振り返ると、サラサラの黒髪をなびかせた美しい女性がいた。その豪奢《ごうしゃ》ないでたち、醸《かも》し出す高貴な雰囲気は、高位の貴族令嬢であるとすぐにわかる。

腕を組み、仁王立ちで睨んでくるその視線に気圧《けお》されかけていると、ニヤリと笑われた。

その顔にゾッとして動けずにいると、彼女は私と同じ色の瞳をゆらめかせる。口に指を当て、彼女は私に話しかけてきた。

「私、知ってるのよ」

「え？」

何を？　そう聞き返せばよいのだろう。けれどできなかった。

聞いてはいけないと、自分の中の何かが訴える。目の前の女性は危険だと、関わってはいけないと警鐘を打ち鳴らす。

だが私の問いかけなどなくとも、彼女の口は止まらなかった。その赤く美しい、形のよい唇は開き、言葉を紡ぎ出す。

「私、あなたの過去、知ってるんですよ？」

綺麗《きれい》な声とは裏腹な恐ろしい内容に、私は全身の血の気が引くのを感じた。

「あなたが過去に何をしたのか、私はすべて知っております」

黙り込む私に、彼女はもう一度言う。

その言葉が何を示しているのか。早鐘を打つ心臓を悟られないようにギュッと手を握りしめ、私は深々と頭を下げた。今、私はただの平民。彼女は貴族なのだから、頭を下げるのは当然というもの。

「挨拶なんていいですよ、顔を上げてくださいな」

今まさに挨拶の言葉を述べようとして、それを遮られてしまう。

挨拶で適当に誤魔化して、この場を去るという手は通用しない。内心舌打ちをしながらも、表面上は無表情を貫いて私は顔を上げた。

女性は肩にかかった黒髪を払いのけ、茶色の瞳を射貫くように私に向ける。同じように暗い色の瞳なのに、彼女と私の容姿は雲泥《うんでい》の差だ。

その美しさを前に居心地の悪さを感じながらも、私は目を逸らさずにその視線をしかと受けとめた。彼女はそれを笑い、私の目を覗き込むようにスッと近づいてくる。

「ふふ、強い目をしているのね」

「……」

「その強さがあるから、あんなことをしでかしたのかしらね。大したものだわ」

「……何をおっしゃってるのかわかりません」

知るはずがない。

あえて私は母国と交流がほとんどない遠くの国を選んだ。私の実家はもちろんのこと、過去を知る者などいない。いるわけがない。

そもそも彼女は何を指して『あんなこと』と言ってるのだろうか？

母国での私は『夫が妻の妹に横恋慕した挙げ句にその妹を刺した、悲劇の元貴族夫人』なのだ。目の前の女性が言うのは、はたしてそのことなのか。それとも……

「元旦那様と妹君のこと……大変でしたわね」

判断しかねる言い方に、私は無言を貫く。今下手なことを言うのは得策ではない。ここは聞くに徹するべきだ。そんな私の様子に、彼女はまたクスリと笑った。

「夫と妹が関係を持つなんて……私なら耐えられない。自決ものだわ」

「――!!」

「あなたは本当に……強いのね」

「な、にを……」

何を言えばいいのかもわからないのに、震える言葉を口にする私。そんな私の耳に彼女は唇を近づけて、囁くように言った。

「だからこそ、夫と妹にあんな仕打ちができたのかしら、ね……」

「――!!」

間違いない、彼女は知っている。私とランディだけが知るはずの誰にも言えない大罪を、目の前の彼女は知っているのだ。

呆然とする私にニコリと笑いかけて、そのまま背を向けた。コツコツと靴音を立て、何も言わずに彼女は立ち去る。

その後ろ姿が見えなくなっても、廊下に誰もいなくなっても、静寂が訪れても私はその場を動けずに、ただ立ち尽くす。

見知らぬ女性の言葉が、頭の中で何度も繰り返される。

どうして知っているのか。どうやって知ったのか。そんなことを考える必要はなかった。それは無駄な行為でしかない。

重要なのは、彼女が知っているということ。

どこまで知っているのかわからないが、バジルとエリシラの結末をおそらく知っているのだろう。

あんな仕打ちとはそういう意味だろう。

彼女が何者かわからないが、その情報が世間に公表されたら、きっと私は今の生活をすべて失うことになるだろう。この国では裁かれないかもしれないが、それでも無事では済まないだろう。

ここで働くことを手紙で両親に伝えたら、私がずいぶん立ち直ったと思ってとても喜んでいた。その両親の心をまた傷つけることになる。遠く離れていてもきっと話は伝わるだろうから。

もし彼女が公表すると決めたなら、きっとそうなるよう仕向けるだろう。あの目はそういう光を宿していた。

どうしよう。どうすれば。いっそここを出て修道院に戻ろうか？

そこまで考えて、私は首を横に振った。

「いいえ。いいえ、逃げてはいけない。逃げてはいけないわ……」

いつかは罰が下るとわかっていたではないか、覚悟していたではないか。

それは今なのかもしれない。修道院からこの侯爵家までの日々は、私に平穏をくれた。十分すぎるほどに穏やかな日々を送れた。今、罰せられても……仕方ないのだ。

そう思った瞬間、不意に脳裏にある人物の顔が浮かぶ。優しい笑顔、向けられる熱を持った瞳。

考えただけで苦しくなる。どうしてその人が浮かんだのか。どうしてこんなに苦しいのか。わからなくて、知らず知らずのうちに体を震わせる。

いつしか日が暮れて、廊下に暗闇が訪れていた。それでもなお、私は動けずにいる。

「アルビナさん？」

不意に声をかけられたのは、すっかり闇に包まれたころ。その声に、体がビクリと震えた。

ゆっくりと背後を振り返る。そこには、私の頭から離れない人が優しい笑顔を浮かべていた。

「こんなところで、どうしたんですか？」

ロスルド様が立っていた。

ゆっくりと近づくロスルド様に、私は思わず後ずさる。だがそんな失礼なことをしてはいけないと、すんでのところで踏みとどまり、ギュッと手を握りうつむく。そして、顔を上げた。

まだランプが灯されていない廊下で、月明かりが彼の顔を照らす。

忘れそうになっていた自分の罪、忘れたかった辛い過去が押し寄せた瞬間、ロスルド様の存在があまりにも眩しくなった。まるで別世界の存在のよう。

「？」

何も答えない私を不思議そうに見る彼に、ニコリと笑いかけた。それだけで彼の顔が赤らむ。月明かりがハッキリとそれを浮かび上がらせる。

純粋で、とても純粋で、純粋すぎる気持ちを私にぶつけてくれる。凍ってしまった私の心を、温めて溶かしてくれる人。愛しい人――

「なんでもありません」

「え……あの、大丈夫ですか？」

「ええ。月を……見ていました」

もし私の過去を知ったら、あなたはどうしますか？

「ああたしかに。今宵《こよい》は満月でしょうか、とても綺麗《きれい》ですね」

「ふふ、まだ少し欠けてますよ。満月は明日じゃないでしょうか」

知っても、あなたはその目を私に向けてくれますか？

「そうか。では明日、また一緒に見ませんか？」

「ええ、喜んで」

……あなたは私を愛してくれますか？

私の中に生じた感情にそっと蓋をする。浮かんだ問いは、けっして口にしない。

代わりに私は彼に問うた。使用人として、教育係として、差しさわりのない問いを口にする。

「ところで、何か御用でしょうか？」

彼は思い出したように月から視線を外して私を見た。

「もうすぐ夕食ですが来客がありまして。アルビナさんは初めてでしょうから、紹介しておきたいと思ったんです」

「お客様ですか？　こんな時間に？」

「ええ。何か急な用があるとかで」

ドクンと心臓が大きく跳ねた。

夕食時に、急な来客。私が会ったことのない方。それはつまりこの屋敷で一ヶ月過ごして、今日初めて会ったあの人ではないか。

それ以外にありえるのだろうか。いいえ、ありえない。これは悪い予感なんてものではなく、確信めいていた。

ロスルド様とともに食堂へ向かう。そこに座る存在を目にした瞬間、ああやはりと私は絶望を感じる。

「アルビナさん、こちらはセキュリアア公爵の令嬢、ルサラ様だよ」

「初めまして。あなたがミリスの教育係のアルビナさんね」

ロスルド様が紹介し、微笑む美しい女性。それはやはり先ほど対峙した女性だった。

ルサラ様はまるで本当に初めて会ったかのような態度で私に挨拶する。同じく初対面のように礼をとって私も挨拶を返す。

「さすがですわね……。ミリスは幼いころ、病弱だったから淑女《しゅくじょ》としての勉強を始めるのが遅くなったのよね。私が教えてあげると言ったのに……」

「そんな。ルサラ様にそのようなことをしていただくわけにはいきません」

「何言ってるのよロスルド、あなたと私の仲じゃない。幼馴染なのだから遠慮はいらないわ。そもそも……その敬語も本当はやめてほしいのだけどね」

肩をすくめるルサラ様に、ロスルド様はとんでもないと首を横に振る。

「もう僕らは大人になりました、幼いころのようにはいきません。同じではだめなんですよ。お互いの立場をよくわきまえて……」

「ああもう頭が固いったら。ほんとロスルドはわからずやね。ね、アルビナさんもそう思わなくて？」

「え、あ……い、いえそんな……」

突然話を振られて私は返答に窮する。

幼馴染だからなのだろう。ロスルド様の丁寧な口調とは裏腹に、二人はとても親し気で、とても近しい存在に見える。チクリと胸が痛んだ気がした。

「あの、私のことはどうか呼び捨てにしてください」

「あらどうして？　ロスルドだってアルビナさんと呼んでるじゃない」

「それは……いつもやめてくださいと言っているのですが……」

これは本当のことで、教育係とは言っても使用人と立場は同じ。そんな私に『さん』なんて付けないでほしいと何度も言ったのだが、譲らない。他の使用人たちも寛容で、微笑ましげに見守ってくれている。

しかし、いかんせん私自身の居心地が悪い。彼はやはり妙なところで頑固だ。

「ふふ、ロスルドは頑固だからね」

その言葉にまた胸が痛む。ルサラ様とロスルド様がともに過ごした時間は、私なんかよりずっと長い。彼の性格を熟知していて当然なのに、私の胸はチクリと痛む。それが今やズキズキと痛み始めた。

人を愛し、嫉妬に胸を痛める資格など私にはないというのに。

「そんなに私の立場を気にするのなら、ロスルドが私を妻にしてくれたらいいのに。そうすれば私たちはまた対等になれるわ。アルビナさん、あなたもそう思わなくって？」

痛む胸に苦しみを感じ、目を閉じる私に追い打ちをかけるルサラ様の言葉が耳に届く。

「……そ、れは……」

いちいち私に聞かないでほしいのに、ルサラ様はわざわざ私に話を振る。そこに気遣いは感じられない。外に聞こえやしないかと不安になるほど、ドクンと心臓が音を立てる。

今聞いた言葉を理解したくなくて返答できずにいる私を気にすることなく、ルサラ様は続けた。

「ねえロスルド。いい加減私との結婚に前向きになってちょうだい。私、あなたとならうまくやっていけると思うの。ミリスのことも大好きだし。いい話だと思わない？」

ドクン、ドクン。心臓の音とルサラ様の声が重なる。いっそ心《しん》の音が彼女の声をかき消してくれたらいいのに、その望みは届かない。

「今日こそは私との婚約話、受けてもらいますからね」

ルサラ様はそう言って、ニコリと微笑んだ。

公爵家との縁談、これほどよい話はないだろう。ロスルド様は早くに亡くなった両親の後を継ぎ、若くして侯爵位を継いだと聞いた。苦労に苦労を重ねた彼にとってセキュリア公爵家の後ろ盾は非常にありがたいはず。二十四歳にもなって結婚も婚約もしていないのは、年の離れた幼いミリス様が成人されるのを待っているからとか……

だが、ルサラ様はすべて受け入れると言っている。すべて承知したうえで結婚しようと言っているのだ。こんな好条件は、まずないだろう。断る理由などない。

だけど。それでも。

断ってほしい。そんな無礼な望みを抱いてしまう。私はいったい、何を考えているのだろう……何を望んでいるのだろう。

「ルサラ様、申し訳ないですが……これまで何度も申し上げましたように、僕はあなたと結婚する気はありません」

ロスルド様は謝罪しつつも、キッパリと拒絶の言葉を口にする。だが、彼はルサラ様の瞳に一瞬剣呑《けんのん》な光が浮かんだことに気づかない。鋭い視線が一瞬、私を射貫いたことにも。

「もう、本当にあなたは頑固よね」

申し訳なさそうな顔をするロスルド様に、ルサラ様はため息混じりの苦笑を浮かべた。

「申し訳ありません。何度も言ってくださるのはありがたいのですが……」

「申し訳ないと思うなら、受けてくれればいいのに」

「ですが前から何度も申しておりますように、ミリスが……」

「ミリスはもう充分大人よ。昔は病弱だったけど、今やすっかり健康で元気だし、アルビナさんがいれば立派な淑女《しゅくじょ》に成長するでしょう。あの子が家を出るころにはあなたいくつだと？　後継者として子をなすこともなく……それでいいと思って？」

「それは……そうですが。僕は……」

「あなたまさか、まだあんなこと考えているの？」

ロスルド様の言葉を遮り、ルサラ様はズイと顔を近づけた。

「あんなこと？」

「昔から言ってたじゃない。愛する人と添い遂げたいって」

「……」

「あなたのご両親は愛し合っていたから、そう考えるのも無理はないけど。でも貴族ならば、家のことを考えるのが一番ではなくて？」

「ですが――」

「それともロスルドは、私のこと……嫌い？」

ロスルド様に、ルサラ様はジリジリと詰め寄る。

「いえ、そういうわけでは……」

ロスルド様は困ったように後ずさる。不意に彼の目がこちらを見た――気がした。それは一瞬より短くて、私にも確信はもてない。だが、ルサラ様の目が細められ、それはたしかに向けられたのだとわかってしまった。

「ふうん……そっか。私のことは嫌いじゃないのね？　でも、じゃあ……」

彼女もまた一瞬私を見て、すぐにロスルド様に戻す。

「嫌いじゃない、ではなく、好きなのは誰？」

「え？」

「あなたが好きなのは、結婚したいのは誰なの？」

問い詰めるような言葉に、ロスルド様は困ったような笑みを浮かべた。

「いないの？」

ルサラ様はさらに問い詰める。

ややあって、その口は動いた。

「一人、いるけど」

「……え？」

「一人、気になる人がいるけれど」

「——!!」

ルサラ様は息を飲む。誤魔化すだろうと思っていたのだろう。私もそう思っていた。

だが、ロスルド様は照れたように頬《ほほ》を染め、頭をかく。

「気になる人はいるけど、まだそんな関係ではないんだ。でもいつか、いい関係になれたらいいなとは思っている」

呆然とするルサラ様に向けて、ロスルド様は言葉を続けた。

「だからごめん。僕はルサラとは……いえ、ルサラ様とは結婚できないのです」

その瞬間、ルサラ様が発する気迫のせいなのか、空気がピリッと張りつめるのを感じた。

「そう……」

ルサラ様がそう言ったと同時、客間の扉が突如開かれる。

「もう～！　みんな遅いですわ！　お腹がすいて仕方ないのに、お話なら夕食をいただきながらでも！　……て、あら、アルビナ？　あれ、みなさんどうしたんですの？」

何も知らないミリス様の元気な声が、場の空気を一変させる。ちゃんと淑女《しゅくじょ》の言葉を使えていますね、と教育係としてうれしく思っていると、フッと横を通る人影に気づいた。ルサラ様だ。

「待たせちゃってごめんなさいねミリス。さ、早くいただきましょう」

「え、ええ……あの、よかったんですか？」

「大丈夫よ。話は終わったから」

「そうですか、よかった」

「ほらロスルドも。行きましょう？」

「はい……」

何事もなかったように、ルサラ様もロスルド様も部屋をあとにした。

一人残された私は、その場に立ち尽くしたまま。頬《ほほ》を汗がつたう。

『あとで話があるわ――』

ルサラ様が私の横を通りすぎる瞬間に、ポツリとつぶやいた言葉。私にしか聞こえなかったその言葉がグルグルと頭の中を回るのだった。


少し欠けた月の下。

私とルサラ様は、侯爵邸の庭で二人きりとなった。ロスルド様にどう言ったのか知らないが、なぜかうまいこと、この状況が作り出された。

「率直に言うわ。この家を出なさい」

「……」

「ロスルドが当主となってから、私は、我がセキュリア公爵家は、彼をずっと見守ってきたの。貴族社会をまだよく知らなかった若き当主の彼は、危なっかしくて仕方なかったから。でもそれも落ち着き、当主らしくなってきたなと安心していたのに……どうしてあなたのような人が来たの？」

二人が幼馴染であるという時点で、家同士の付き合いがあったことは容易に想像できた。

そんなセキュリア公爵家は、早くに亡くなった前侯爵夫妻の忘れ形見を常に案じていたそうだ。

特に、彼ら兄妹に近づく人物の素行調査は徹底してきた。それは使用人も含めた全員が対象だった。

そして一ヶ月前、私がやってきたのだ。出自も過去も、調べられる限り調べたらしい。

「あまりに遠い異国のことだったから調べるのは苦労したけれど、今朝ようやく調査結果が届いたの。読んですぐに馬車を飛ばしてきたわ。婚姻歴があるのにまず驚いたけれど、さらにその夫が罪人で、しかも被害者はあなたの実の妹であることに二度驚いたわ。間違いはないわね？」

「はい」

間違いなくそれは事実であるし、自国では有名な話だ、否定することなくうなずく。

問題はその先。夕食前に彼女と話したときチラリと言っていたが、どこまで知っているのか。私はひたすら無表情で言葉を待つ。

「夫……あら、元夫かしら？　その人が今どこにいるか、あなた、知ってる？」

「さあ。島流しになったと聞いておりますが、詳細は存じません」

「島流し先を聞いていないの？」

ルサラ様は淡々と述べる。

「存じませんと申し上げました」

「そう。では、デモニアム、という島を知っているかしら？」

「それは……はい。恐ろしい所だということは」

「そこにあなたの元夫がいるそうね」

「そうなのですか？　初耳です、驚きました」

「――本当に？」

ルサラ様は淡々と私に問いかける。けれどその瞳は鋭い光を放っていた。私の嘘などすべて見抜いてやるという光だ。

「はい」

「ずいぶん冷静なのね」

「もう終わったことですから」

私もその目をまっすぐに見つめ返し淡々と答えた。

「そうなの？」

「ルサラ様もご存じの通り、元夫と妹は姦通《かんつう》しておりました。その元夫が今どうなっているかなど、私には興味ありません。どうでもいいことなのです」

「かつて愛し合った人なのに？」

愛し合っていた？　バジルと？　あの男と？

あんな男と愛し合うなど、想像しただけで背筋が寒くなる。気分が悪くなる。かつてそれを望んでいたなんて今となっては考えられない、恐ろしい話だ。

「愛し合ったことなど一度もありません。あの男は最初から最後まで、私を見ませんでしたから」

「ふうん？」

ルサラ様は疑わし気に目を細めたが、それ以上追及しようとはしなかった。

「まあいいわ。で、妹さんは？」

「婚約を解消され、傷心の妹は私とともに修道院に向かっておりましたが、その道中……どこぞの殿方と駆け落ちしました。相手がどなたかは存じませんが、今は幸せであることを願っております」

「元夫と妹の不義を知っていながら、幸せを願うの？」

「それでも……妹ですから」

「妹の行方不明の件、あなたが手引きしたんじゃなくって？」

「なんのことやら」

問いにはすべて即答する。逡巡《しゅんじゅん》すれば、即座に疑われるだろう。

「本当にどこぞの輩《やから》との駆け落ちなの？」

ルサラ様の瞳の奥に潜む光はますます強くなる。

「そうだろうという憶測でしかありません。行方不明になる前日、道中で知り合った殿方と親し気に話しておりました」

「そんな男の確認、とれてないけど？」

「それは私の知らぬところの話です。私はあくまで事実をお話ししておりますので」

「事実ねえ……」

嫌味な笑みをたたえ、ルサラ様は肩にかかった髪をハラリと払う。夜の庭はずいぶんと肌寒い。風がないのが幸いか。

「あんな仕打ちをしておいて、ね。無表情を貫けるなんて、ずいぶんと豪胆《ごうたん》だこと」

「何をおっしゃっているのかわかりません」

貴族同士の化かし合いなんて、かつては日常茶飯事だった。彼女も私も明言はしない。言ったほうが、言質《げんち》をとられたほうが負けだ。どんな状況であれ私は表情を作ることができるし、きっとルサラ様もそうだろう。

私たちの間に沈黙が横たわり、しばしあとにルサラ様が口を開いた。

「この家を出ていきなさい」

もう一度彼女は言う。

「あなたのような過去を持った女性を雇って、この家がなんと言われるか……。誰にも知られる前に出なさい」

「……」

「まだ知ってるのは私だけよ。調査を命じたのも結果の書類を読んだのも私だけ。今あなたがここを出るなら、あなたの過去は誰にも言わない。このまま誰の目にも触れさせずに、調査結果は燃やしましょう。ですが、屋敷を出ないのなら……ロスルドに話すわ。彼に何も話さないのは、やましい思いがあるからでしょう？」

「いいえ」

それは違う、私は即座に否定した。

やましいとか後ろめたいとかの思いはない。私は大罪を犯したが、後悔はしていない。罰を受ける覚悟はあっても後悔とは違う。すべてを知られて冷たい目を向けられても、それは罰だと受け入れる。

「私がロスルド様に話さないのは、ロスルド様がその事実を知って苦しむのを見たくないからです」

「ロスルドなら、ともに苦しみを分かち合おうとか言いそうだけど？」

「だからこそだめなのです。それでは……罰になりません」

人は誰かに苦しみを聞いてほしくて話してしまうことがよくある。教会の懺悔《ざんげ》や告解《こっかい》などはそれにあたるだろう。

だが私は、私がそれをしてはいけないと思っている。懺悔《ざんげ》も告解《こっかい》も、胸の内に秘めた苦しみを吐き出すことで許しを請う行いだから。

私は許しを請うつもりはない。

「私は私のしたことを、誰かに知ってほしいとは思いません。話を聞いて苦しみを分かち合いたいと言われても……私はそんなことは微塵《みじん》も思っておりません。苦しむのは私だけでいい」

「ふうん……」

納得したのかしてないのか。知らぬ存ぜぬと言いながらも、『私のしたこと』などという私の発言に、けれど彼女は何も言わない。目を細めてジトリと睨みつけてくるルサラ様の視線を正面から受けとめ、私は言葉を続ける。

「ただ、ルサラ様と同様に、誰が私の過去を調べるともわかりません。ならば、ご迷惑をおかけする前に出ていくべきだ……とも考えます」

「つまり?」

「この家を出ます」

覚悟して言ったつもりだったけれど、家を出ると口にした瞬間、かすかに胸が痛んだ。そんな感傷を持ってはいけないというのに。

ややあって、ふっと目の光を弱めたルサラ様が小さくため息をつく。

「まあいいわ。出るなら私はすべてを黙っていましょう」

「ありがとうございます」

「あなたが出ていくこと、ロスルドには私からうまく話しておくから。今すぐ出なさい」

「今からですか?」

「そう。私も鬼ではないからね。ここから遠い町だけど、生活できそうな場所まで行けるよう馬車を用意してあるわ」

「ずいぶんと手際のよいことで」

「あなたなら素直にうなずいてくれると思ったのよ」

ルサラ様はニヤリと笑う。私の心の内などお見通しということか。

「必要な荷物と当面の生活費も馬車にのせてあるから。裏門から出なさい」

「わかりました。お心遣いに感謝いたします」

ここまで準備万端に整えられているのだ、私に拒否権はないのだろう。

せめてロスルド様とミリス様にお別れの言葉を、と一瞬思ったが、きっと彼らのことだ。どうしてかと理由を訊ね、引き留めるだろう。

「お二人にお世話になりましたと……お礼を言っていたとお伝えください」

だからこれでいい、このまま黙って別れるほうがきっといい。

「ええ。……ロスルドは私に任せなさい」

なぜそこで、ミリス様を除いてロスルド様だけなのだろう。怪訝《けげん》な顔をする私に、ルサラ様はニヤリと笑った。

「私とロスルドとの結婚式に、あなたを呼べないの……残念だわ」

その言葉に私は何を返せばよかったのだろう。答えは出ず、私はあくまで無表情を保ったまま頭を下げた。

そのまま無言で庭を歩き、裏門へ向かう。大きな正門と違って外壁に作られた小さな裏門は押せば簡単に開く。本来は鍵がかかっているはずなのに、これも準備のひとつということか。

ギイと音を立てる扉をくぐると、すぐにその馬車はわかった。内密に用意されたその馬車はなんの飾り気もなく、平民が使う乗り合い馬車と同じような仕様だった。だが御者が私にうなずくのが見えて、迷わずそちらに向かった。

私は無言で乗り込む。座席に荷物があり、それの確認が済む間もなく静かに馬車は走り始めた。最初はゆっくりと外壁に沿って歩くように。徐々にスピードを増していき、あっという間に侯爵邸は後ろへ遠ざかり、見えなくなってしまった。

見えなくなったところで、ホウとため息をひとつつく。うつむきかけた私は、けれど夜とは思えぬ明るさに顔を上げる。

そこには月が皓々と輝いていた。

『明日、また一緒に見ませんか？』

ロスルド様の言葉を思い出す。

「約束……守れなくてごめんなさい」

私のつぶやきを月だけが聞いていていた。

第十章　嵐の中に舞う思い

どれだけ馬車に揺られていたのか。途中休憩を挟んだり小さな町で馬を交換したりなどもあったが、ほぼノンストップで馬車は走り続けた。一睡もできなかった私は、朝日の眩しさに目をしばたたかせながら、大きな街を窓の外に認めた。

街に入ってからはゆっくりと馬車は走り、しばらく進んで止まった。ガタンと扉が開かれる。

「ここでしばらく休憩だ」

「ここが目的地ではないと？」

「目的地はまだ先だ。だが天候が悪いからな、しばらくはここで時間を潰す。お嬢様から路銀は受け取っているんだろ？　すぐそこに宿泊所があるから、そこで待機してな」

そうそっけなく御者は言い置いて去っていった。

「天候が悪い……？」

空は雲ひとつない快晴だ。

「どこが？」

一人つぶやいて、私は歩き出した。

実家を出てからそれほど経験を積んでない私だが、それでもここで途方に暮れるほどでもない。とりあえず言われた宿を探すと、それはすぐに見つかった。ずいぶん賑わっている街だが、幸いにも空いていた部屋に通された私は、ようやく落ち着いて寝台に横になり……すぐに眠ってしまった。

フッと目を開けると、部屋が薄暗い。どうやらもう夕方のようだ。

ずいぶん眠ってしまったなと思って体を起こした私は、突如鳴るお腹に慌ててしまった。そうか、昨夜から何も食べてなかったんだっけ……

空腹を知らせるお腹を押さえながら、私は立ち上がり外へ出た。この宿では食事は提供していないということなので、屋台が並ぶ場所を教えてもらう。夕飯時ということもあって、どこも混んでいた。

行き交う大勢の人、賑やかな屋台。貴族だったころには見たこともなかった、活気あふれる世界は何もかもが新鮮だ。

そう言えばとふと思い出す。

ロスルド様と一緒に出かけたときに、こうやって屋台も見て回ったっけ。立ち食いもした。ロスルド様はおよそ貴族らしからぬ方だったな。ああ、あれは彼がおいしいと勧めていた焼きパンだ。あれもおいしいと言っていた、この国に多く生息する動物肉の串焼きだ。フワフワ食感が楽しめる甘菓子もおすすめだと言ってたっけ。

出会ってから過ごした時間は短い。だというのに、そこかしこに彼の存在があり、彼との思い出が溢れ出す。

こんなに愛しいのだと、とても痛いものだと初めて知った。もしこれが本当に恋ならば、こんなに苦しいものなのか。

知らなかった。知りたくなかった。

いつか恋をしてみたいと安易に考えていた私は、なんと浅はかだったことか。こんなに胸が痛くて苦しくて……けれど愛しさに溢れて幸せなんて、私は知らなかったし知りたくなかった。

すっかり食欲はなくなってしまったけれど、食べなければと無理に詰め込む。ロスルド様とともに食べたときはあんなにおいしかったのに、一人で食べる今は、なんの味もしなかった。

そのまま適当にブラブラして宿に戻る。ボーッと窓の外を眺めていたら、例の御者がやってきた。

「ちとまずいことになった」

「まずいこととは？」

「これまでの道中は問題なかったんだが、これから先の道はちょっと難所でな。この時期は砂嵐がひどくなる。荒れるときは目の前に立つ人物が見えないくらいにな。ひどいと息もできなくなる」

「それは……大変そうね」

「大抵は一日二日待ってりゃ通れるようになるんだが、今年は悪天候が影響してか、長引く傾向にあるんだとよ。で、ちょうど荒れだしたのが今日だ。ここんとこ晴れ続きで乾燥しがちなのも影響してるから……おそらく一週間は無理だろう」

「え、一週間!?」

さすがにそれには驚いた。母国ではそんな場所はなかったが、この国は砂漠地帯が多いらしい。大きな街と街の間には、大抵大きな砂漠が横たわっている。そんな中を進むのだ、砂嵐は大敵というわけか。

「まあしょうがねえよ。というわけでだ、しばらくここで待機してろ。間違ってもこの街で暮らそうと思うなよ？　ここじゃまだ侯爵邸から近い。お嬢様の指示だ、お前さんにはもっと遠くに行ってもらう」

「……わかったわ」

「くれぐれも歩き回るなよ、誰が見てるとも知れねえんだ。食事とか、最低限の外出にしろ」

「ええ」

侯爵邸から一晩で着くような場所なのだ。ロスルド様本人はともかくとして、あの屋敷に勤める使用人たちと出くわさないとも限らない。

言われるがままうなずいて、私は小さくため息をつく。

早く離れたいのに……そうでなければ、思い出に押しつぶされそうになる。決心が鈍りそうになる。たった一日離れただけだというのに、こんなにも恋しいと、会いたいと思ってしまう存在。彼を思い出して、私は窓の外に輝く月を眺めるのだった。

今宵《こよい》は美しい満月だ。

＊＊＊

ドクンと心臓が大きく跳ねた。

この街に滞在して三日目。道に少し慣れてきた私は、いつも通りに食事をしに外へ出てきたのだが。

思いがけぬ人物を目にして、その動きをとめた。慌てて建物の陰に隠れ、そっと窺い見る。そこには私の心を支配してやまない想い人、ロスルド様がいたのだ。

「どうして……」

つぶやきは雑踏の音にかき消されて、彼には届かない。だが声を抑えるべく、私は自分の口に手を当てた。

なぜ彼がここに？　どうして？　どうして⁉

頭の中を疑問符が飛び交い混乱する。

たった一ヶ月しか侯爵邸にいなかった私は、彼の行動範囲など知る由もない。だが、どうも仕事や買いもので来たとは思えない雰囲気が彼にはあった。見覚えのある、屋敷内で見た使用人二人を連れて歩く彼は何かしら使用人に耳打ちして、そして三人は別々に動き出す。明らかに、何かを捜す動きだ。

捜す？　いったい何を？

その答えは……それがけっして自惚《うぬぼ》れでないのなら、私が考える通りなのだろう。

「私を、捜してる……？」

捜しものは、捜し人は私。そうでなければいいと思いながらも、そうであってほしいという矛盾した願いが脳裏をかすめた。彼らがこちらに来ないことを祈りながら、息を殺してただジッと立ち尽くす。そして望んだ通りに、三人とも私のほうへ来ることはなかった。

「よかった、宿とは逆のほうに行ってくれたわ」

だがこのままでは、いずれ見つかるに違いない。私は空腹だったのも忘れ、慌てて宿へ引き返した。

宿へ戻った私は大急ぎで荷物をまとめ、同じ宿の別部屋で待機しているはずの御者のところへ向かう。強くノックしたが返事はなかった。彼もまた食事に出ているということか。

どうしよう。待つべきだろうか。

いや、彼はまだ出発できないと今朝も言っていたではないか。なら早く出るようお願いしても無理だろう。ロスルド様がこの街に来ていることを話せば……と思わなくもないが、無理をさせるのも気が引けた。

もしこのままこの街から出れなければ、ロスルド様が私を見つけるのも時間の問題だろう。

そう考えた瞬間、胸が高鳴るのを感じた。

だめだとわかっている、ロスルド様とは会ってはいけないとわかっている。だって彼に迷惑をかけないために、別離の道を選ぶと決めたのだ。

それなのにどうして彼が見つけてくれることをこんなにも望んでしまっているの？　期待しているの？

自分の中の相反する気持ちに苛立ちながらも、やっぱり私は喜んでしまう。この展開は私が望んで作り出したものではなく、悪いのはすべて砂嵐のせいだと、言い訳もできる。そのことを、私はたしかに喜んでいる。諦めようと、別れを決意したのに彼の姿を認めた瞬間、私は自分の胸が高鳴るのを抑えられない。

ああそうか、私はこんなにも彼のことを……

そのときだった。ガタンと音がして、慌てて振り返る。

そこには私が期待した人物は立ってはいなかった。どこの誰かもわからぬ、この宿に滞在しているらしき人物が、訝《いぶか》し気な顔で私を見て去っていっただけだった。

その瞬間、体がズルリと崩れ落ちた。ペタンと座り込んだ床は冷たく、その冷たさが私を冷静にさせる。

「何を考えているの、私は……」

なんのために侯爵家を出たの。なんのために平穏な日々を捨てたの。

「全部……全部、あの人たちに迷惑をかけないためじゃない」

不意に思い出されるルサラ様の顔、冷たく光る目。その目は私に『何をしているの』と語っているようだった。

一度目を閉じて……そして開ける。私はゆっくり立ち上がった。

「この街を、出なくちゃ」

決意を口にする。そう、ロスルド様に見つかるわけにはいかない、連れ戻されるわけにはいかないのだ。彼の平穏と幸せを守るために、私は彼から離れる。

でもどうすればいい？　御者が戻ったところで砂嵐が存在する以上、街を出ることは不可能だ。

悩んだのは一瞬、不意に閃いた。この街の人間なら砂嵐にも慣れているのではないだろうか、と。

これまでの道中ではそういったのとは無縁の土地が続いたが、この街は違う。この街は砂嵐が日常で慣れている。この街の馬車ならもしかしたら行けるかもしれない。

そうだ、そうしよう。幸いにも路銀はたくさんもらっている。目的地の名前も聞いているから、そこへ行きたいと言えば最適な馬車を教えてくれるだろう。

反応のない扉をしばし見つめ、私は無言で踵《きびす》を返し外へ向かう。行き先は乗合馬車の乗り場だ。

乗合馬車がある広場へ向かい、まとめ役だか案内役だかを掴まえてどうにか出立できないかと聞いてみる。

「無理だな」

それに対する答えは非常に簡潔なものだった。どうにかならないかと食い下がっても、首を横に振るばかり。

「姉さん、この国のもんじゃないな？」

途方に暮れる私に彼は告げる。

「この国のもんなら砂嵐をなめるような行動はしねえ。強行すればいいじゃねえか、と気軽に言うのは大抵国外から来る旅人だ。なめるのは結構だが、俺らはまだ死にたくねえ。行きたきゃ自分で勝手に行きな」

それは彼らなりの説得なのだろう。こう言えば諦める、そう思ってあえて厳しい言葉を告げるのだとわかった。

それほど砂嵐というものは恐ろしいのだろう。私が想像するものなんて、せいぜい突風が吹いたときに粉のような砂が舞う程度のもの。それだって口に入るとジャリジャリして気持ち悪いし、視界も悪くなる。

つまりは、無知な私が想像できる域を超えたものということか。

「ちなみに、目的地までの方角はどちらですか？」

「あ？　そこの三本道の真ん中をずっと行って……って、おい、変な気起こすなよ？」

「起こしません。私だって死にたくありませんから」

死にたくはない。だがロスルド様に見つかりたくもない。どちらがより嫌か。天秤はどちらに傾くか。

目を閉じれば優しいあの人の笑顔が浮かぶ。次いで、ルサラ様の冷たい表情が浮かんだ。

——わかっているわ。もう迷わない、私はけっして引き返さない。

大切な人のために腹をくくり、私は目を開いた。そして空を見上げる。

天気は快晴。風は落ち着いている。視界良好。

答えはもう出た。荷物をギュッと握りしめた私は、人目を避けて街の外へ向かう道を歩く。幸いなことに、私以外にも馬車は出ないのかと詰め寄る人々で混雑していた。それもあってか、誰も私の行動を気にしない。今しがた会話していた男も観光客らしき人につかまって、もう私を見ていない。

私がやろうとしていることは無謀なのかもしれない。いや、間違いなく無謀だろう。だが私はまっすぐ前を見据えて走り出す。

一瞬、愛するあの人の声が聞こえた気がした。けれど幻聴はすぐにかき消される。

地面を踏みしめ、舞い上がる砂に一瞬顔をしかめ、首に巻いた布を口に当てる。

「目指すは目的の街！」

足は迷わず動いた。

歩き出してものの十五分で、私の視界は変わった。

振り返っても、もう何も見えない。大きかった街は今や視界不良でその姿を消した。

あれはたしか別荘に行ったときだったか、かつての母国で吹雪を経験したことがある。それは視界を奪い、真っ白で何も見えない状態だった。天候は荒れに荒れ、数日こもることになったっけ。あの吹雪の中はどうなっているのか、と想像はしたけれど確かめる勇気などなく、ただただ大人しくしていた。

そんな吹雪にも似た、けれどまったく異なる砂嵐と直面した私は、呆然とその場に立ち尽くしていた。

最初はよかったのだ。風もなく視界も良好で、道は遠くまで見えていた。街道の途中には目的地の方向を示す案内板も立っていたから、迷うこともないだろう。そう思って歩みを進めた。

先ほどいた街が見えなくなり、街道に積もる砂が少しずつ増してきたところで、突然風が出てきた。それは徐々に強くなり……いや、強くなってきたなと思ってからはあっという間だった。

視界は無となった。何も見えない。

先ほど目の前に見えていた道は、完全に視界から消えた。足元すら覆う砂。大きな布で鼻と口を覆うが、それ以前に目を開けていられない。手を目頭に当ててうっすらと、どうにか目を開けるが、完全に道を見失った私は動けずにいる。

このままジッとしていればそのうち止むだろうか？　止まなかったらどうしよう。

そんな不安がのしかかる。

さらに、足元が砂に埋まってしまい靴が見えない。どうにか足を上げて砂から足を出したが、もう歩けるような状態ではなかった。そもそも素直に砂嵐が収まるまで待つべきだったのだ。そうとわかりながら強行したのは私。

死にたくないというのは本当だ。だがもしここで死ぬようなら、それが神の采配なのではないか？　受けるべき罰がここで実行されるのではないか？

そうであるならば、私はそれを甘んじて受けよう、どこかでそんな思いがあったのかもしれない。

砂嵐は収まるどころかますますひどくなってきた。この自然の脅威の前では、どんな人間も無力でしかない。抵抗など無意味で、己のちっぽけさを感じて死ぬしかない。

息をするのも苦しくなってきた状況で、どこか諦めのようなものを感じながら私は目を閉じた。神の采配に身を任せようとしたそのとき。

「――ナ！」

風の音にまぎれて、何かが聞こえた。

「アルビナ!!」

今度はハッキリと。

それはたしかに私の名前を呼んでいた。それに驚いて、私はどうにかうっすらと目を開ける。

「アルビナ！　見つけた!!」

直後、痛いほどに力強く腕を掴まれ……抱きしめられていた。

「見つけた、見つけた！　よかった、本当によかった……無事でよかった！」

「ロス、ルド様……？」

名前を呼んで、口の中の砂の感触に顔をしかめた。布はもう意味を成さない。見ると目の前のロスルド様は、顔全体を固い何かで覆って保護していた。目元には透明の何かが施されており、そこから見える目は、そして声はたしかにロスルド様のもの。

「え⁉　あ、あの、ちょっと……⁉」

「黙って。この嵐の中では話さないほうがいい。言いたいことはあとで聞くから」

慌てる私をよそに、ロスルド様が私を抱き上げる。

ギョッとしたのも束の間、何かの上に座らされた。妙に柔らかく温かいそれは、生物《いきもの》だろうか？　馬？　にしては感触が……

首をかしげてるうちにもそれはどんどん砂嵐の中を進み、そして視界は開けた。

乗り合い馬車の案内人から私に似た者がいたと聞いた。その女性が砂漠地帯に向けて歩くのを見た者がいた。その情報を元に追いかけてきたのだ、とロスルド様は言った。

さらに、どうしても砂嵐の中を移動しなければならない場合は、馬ではなく砂漠地帯に特化した動物に乗り、砂嵐の中でも呼吸と視界を守る装備をつけるのがこの国の常識で、それらを駆使して、どうにか私を見つけ出したのだと。

そう説明を受けたのは、宿屋で私が砂まみれになった体を清めたあとのことだった。

「ミリスが待っている。……帰ろう」

そう言って差し出される手。

……拒絶すべきなのに。帰らないと言うべきなのに。

その手をとる自分がいた。


馬車はガラガラと来た道を戻り、侯爵邸へ進む。長時間乗っているとどうしても体が痛くなってくるのだが、何度も乗った経験からか、もうそれにも慣れた。

私の正面にロスルド様が座る。彼とともに来た使用人二人は御者をしている。

ルサラ様が用意してくださった馬車の御者に礼を言ったけれど、彼は私の背後にたたずむロスルド様を見てなんとも複雑そうな顔をしてたっけ。今頃、大慌てでルサラ様に報告しているかもしれない。

馬車の中ではひたすら沈黙が続く。非常に気まずい。

何か言うべきだろうか？　そう思って口を開きかけて、いや黙っておくべきかと口を閉じる。ひたすらそれを繰り返す。傍《はた》から見ると、無言で口を開閉しているという、実に不気味なことをしていた。言うべきか言わざるべきか、しばらくそうし続けていると……漏れるような笑みを耳にする。

「クックック……」

こらえるような笑い声。その主は一人しかいない。顔を上げれば案の定、口に手を当てて必死で笑いをこらえようとするロスルド様がいた。

「……笑わないでください」

最初に発した言葉がそれかと自分でも呆れるが、まずそれを言っておきたいと思ったのだ。ただそれから言葉は続かなかった。

しばし車内にはロスルド様の笑いだけが響く。どうにか落ち着いたロスルド様が、スッと真顔になった。

顔を逸らしたくなったけれど、逃げてはいけないとすんでのところで私はこらえた。その痛い視線を真正面から受けとめる。

再び嫌な沈黙が流れた。

「どうして……」

どれくらいそうして見つめ合っていたのだろう。最初に口を開いたのはロスルド様だった。

首をかしげて私は続きを待つ。

「どうして出ていったんですか？」

重そうに口を開いて、ロスルド様は言葉を続けた。

「……ルサラ様からお聞きになったのでは？」

「あなたが出ていきたいと言っていた、とルサラは言っていました。だから新しい職場を紹介したと」

「まあ……その通りですね」

合ってはいないが間違ってもいない。ただし出たいと言った覚えはない。出ると決意させられただけだ。言えない真実に私が無言でいると、彼がはあ……と大きなため息をついた。

「そんなにわが家は居心地悪かったでしょうか？」

「そんなことはありません！」

予想外なことを言われて、思わず大声で即座に否定してしまった。言って慌てて口を押さえる。

「失礼しました」

「いや、気にしないで。……ではどうして出たいと思ったのか、聞いてもいいですか？」

「それは……」

それを聞くということは、ルサラ様は何も言ってないということだろうか。

まだ言っていない。まだは、いい、これからもとはならない。いつか彼女は言ってしまうかもしれない。

そうなる前に私から話すべきだろうか。

うつむいたまま少し考えて、私は顔を上げた。

「私は……かつてとある方に嫁ぎました」

「……つまり婚姻歴があると？」

「はい」

「そうか。アルビナさんの年齢なら、結婚しててもおかしくないよね」

「ですが、すでに別れています」

「離婚?」

「そういうことです」

「なぜ、と聞いていいのかな?」

「性格の不一致です」

真実ではないが、それは嘘ではなかった。相性がよければ別の道があったかもしれない。だがそうはなり得なかった。

私はバジルの性格を理解できなかったし、バジルもまた、私の性格を理解しようともしなかった。結果があれだ。本当の私を理解しなかったため、彼は破滅したのだ。

「それと元夫は……犯罪者です」

思わずギュッと服を握りしめながら、私は告白した。母国では有名な話なのだ、調べれば簡単にわかることで、これ以上隠す必要はないだろう。言える範囲のことは私の口から言うべきだ。彼の心に負担をかけないように。

「だから私は、私のことを誰も知らないこの国に来たのです」

言葉を続ける。

「ですが、調べればすぐにわかることです。このような過去を持つ女が侯爵家で働いていたら……それが知られると、ロスルド様の評判に傷がつきかねない。過去を忘れそうになるくらい平穏な日々でした。ですが……忘れてはいけないと思ったのです」

「どうして？」

「……背負うべきだと思ったからです」

誰しも苦い過去は持っている。思い出したくないことだってある。

だが私の場合は忘れてはいけない。やったことを後悔していないからといって、忘れるべきではない。私がしたことで、たしかに二人の人間を不幸にしたのだ。二人の人間の命を奪ったのだ。

あの二人のそのあとなんて知らないけれど、おそらくそういう結果が出ているのだろうな。そう漠然と考えたことがある。そしてそれは当たっているという確信があった。

「私は高貴な方のところで働くべきではないのです。ですから出ようと思いました。そこにルサラ様が現れて……」

「彼女が出ろと言ったの？」

「いいえ。私の意思です」

キッパリと言い切る私の目を、ロスルド様はしばらく黙って見つめていた。

しばしの沈黙のあと、大きなため息が響いた。困ったような顔で、ロスルド様が私を見る。

「ミリスがね、寂しがっているんです」

「それは……挨拶もなしに出たのは申し訳ありません。とりあえず戻って話を――」

「戻る前に話しておきたいのですが」

一度戻ってちゃんと挨拶して、今度は堂々と家を出ようと思う私を遮るように、ロスルド様が真剣な眼差しで見つめてきた。その瞳に射貫かれてドキリとする。

「アルビナさん……僕はあなたを――」

「ロスルド様」

既視感を覚えた。聞いてはいけない。そのときの相手は彼ではなかったが、私は同じように相手の言葉を遮る。

「私は誰とも結婚するつもりはありません」

憧れたときがあった。かつて自由を手にしたばかりのころ、私はたしかにそれに憧れていた。

けれど、つきつけられる現実。少なくとも、相手の地位を揺るがすような過去を持つ私は、貴族と結婚などしてはいけない。そんな自分勝手な愛を押しつけられない。

私が望む愛は、ただただ相手の幸せだ。愛する人を不幸にして、何が『愛』だ。相手を不幸にするなんて、あいつらと同じだ。己の欲望のままにつき進んだ愚か者の二人と同じではないか。私は、同じにはならない。

だからキッパリと拒絶の意思を示した。

何も言われていないのに自惚《うぬぼ》れるな、と頭の片隅で声が聞こえる。だがこれは自惚《うぬぼ》れではなく確信。しかし。

「アルビナ」

不意にされた呼び捨てに、驚いて言葉を失った瞬間。

「僕はきみを愛している」

踏み越えてはいけない一線は、一瞬にして踏み越えられた。彼は軽々と越えてきたのである。

言葉を失い、私は何も言えなかった。拒絶すべきだと、頭ではわかっている。私は愛していません、ただそれだけを言えばいいとわかっているのに。なのに。

「わ、たしは……私は……」

唇を震わせて言う。

「私には誰にも言えない過去があります」

「今の話以外に？」

「……はい」

「僕にも言えないと？」

「はい。それはとても罪深い行為で……私が、私だけが背負うべきものなのです。ですから誰にも話しません」

ロスルド様の目をまっすぐに見つめる。

「それでも……そんな女でも、あなたは愛していると言えますか？」

「言えるよ」

なんの迷いもなく、そう彼は言った。

知らないからだとわかっている。知ってしまえばそんなこと言えないくせに！　そう叫びたい。

だが声は出なかった。代わりに頬《ほほ》を濡らす涙が出た。

「私は……わたし、は……」

「うん」

「私は……罪深い女ですが……」

「うん」

「そんな女でも……愛して、くれますか？」

とめどなく流し続ける涙を温かい指ですくい、私の問いを聞いた彼はそのまま手を伸ばして、抱きしめてくれた。熱い抱擁《ほうよう》の中、ロスルド様は答えてくれる。

「愛しているよ」

言葉とともに落とされる口づけは、とても熱かった。

＊＊＊

「アルビナ！　よかったアルビナ、帰ってきてくれたのね!!」

「……何も言わずに出てしまい、申し訳ありませんでした」

屋敷に着くや否や、飛び出してきたミリス様がガバリと抱きついてきた。まだ幼く小さい頭を撫でると、涙を浮かべながらも怒ったような顔をした。

「本当よ！　黙っていなくなるなんてひどいわ！　私ショックでショックで……ろくに眠れなかったのよ！」

「それは……本当に申し訳ありません。目の下にクマができてしまってますね」

「ミリス、これで安心したろう？　アルビナはもうどこにも行かない」

「本当に？」

「それは……」

ロスルド様の言葉を不安そうな顔で受けとめ、私の顔を見つめるミリス様。心配で確認したいと、その顔が物語っている。

「本当だよ」

私が返答に困っていると、横合いからロスルド様が答えた。

私がするべき約束を勝手にしてしまった。そのことに不満を感じつつも怒る気にはなれず、ミリス様が私を見上げてくるのに無言でうなずくしかなかった。

「ね？　だから安心して寝ておいで。クマが消えるくらいに」

「わかったわお兄様。起きたらちゃんと説明してね！」

ミリス様は安心したのかそっと体を離し、去っていく。

「……何をニヤニヤなさっているのですか」

「ん？　うん……単にうれしいだけだよ」

ずいぶんと砕けた口調になったものだ。締まりのないその頬《ほほ》を思い切りつねってやりたくなる。さすがにしないけれど。

「幸せにするから」

「私がします」

突然の言葉に、けれど負けじと言い返す。どちらからともなく笑みがこぼれた。

あ、と思えば近づいてくる顔。抵抗することなく目を伏せようとして……視界の隅に見えた存在に動きをとめた。

「では私も自室に戻らせていただきます」

「へ？」

ロスルド様はポカンとする。

「……あちらをご覧ください」

私がスッと指したほうを見て、ロスルド様の顔が一気に真っ赤になる。素直な方だ。いや違うか、誰だって身内にこんなシーンは見られたくないだろう。

「ミリス！」

「きゃー!!」

真っ赤な顔のまま追いかける兄に、同じく真っ赤な顔で逃げる妹。実に微笑ましい二人の様子を見て……ああ、帰ってきたのだな、と実感がわいたのだった。

第十一章　初夜

ひと月後。何があるわけでもなく淡々と日常が過ぎたあと、今日という日がやってきた。

ロスルド様と結婚する日が。

ただ、ロスルド様は派手なことが嫌いなうえに、貴族が結婚する年齢としては少し高い。私は二度目の結婚であり、さらには元貴族とはいえ今は平民。

そんな理由から、侯爵家屋敷内でひっそりと、ミリス様と使用人たちに祝福されるというだけの地味な式を行った。もちろん貴族の方々にはその旨は知らせてあるし、後日挨拶回りに伺うとお伝えはしている。事前にそれらを了承いただいたうえでのことだ。

庭で行ったパーティーはとても楽しかった。こんな突然現れた素性の知れぬ私が主人の妻になるのに、嫌な顔をせず心から祝福してくれる使用人のみんなには感謝してもしきれない。ミリス様はとても喜んでくださり、私のことを「アルビナお姉様」と呼んでくれたりもしてなんだかくすぐったい。

血の通った妹への仕打ちを思い出しても、私に幸せになる権利があるのかわからない。ただ、もうしばらくは……

「わがままを許してほしい……」

誰が聞くでもなく、私はつぶやいて天井を仰ぎ見た。

シンと静まりかえる室内。少し肌寒くなってきたからと、火がくべられた暖炉の薪《まき》が爆《は》ぜる音だけがやけに響く。外はすっかり暗くなっていて、時間は夜中と言ってもよいくらいだろう。

私はそっと自分の胸に手を当てた。そこはすでに苦しくなるくらいに激しく鼓動している。緊張のあまり息苦しくなってきた。大きく息を吸って、そして吐く。

もうすぐ、ロスルド様が来る。バジルとの初夜で感じた緊張の比ではない。

深呼吸を何度も何度も繰り返して……それでも落ち着かずにソワソワしていたら。

——ガチャリ。

ドアノブが回る音に、ビクッと体が大きく震える。振り返るのがこんなにもこわいと思うなんて想像もしていなかった。私はギギギ……と音がしそうなくらい、ぎこちなく首を動かして背後を見た。

「ロスル……」

「ロスルドは来ないわよ」

そこにいるはずの人物の名前を呼ぼうとして。けれどそこにいるはずのない人物の声を耳にし、私は大きく目を見開く。

「ルサラ様……」

そこに立っていたのは、セキュリア公爵令嬢、ルサラ様だった。

「あなたって、ずいぶんと面《つら》の皮が厚いのね。図々しいというか、ふてぶてしいというか」

辛辣な言葉に、私は何も言い返せない。

ルサラ様は見るからに怒っていた。その理由は考えずともわかる。私は自ら出ていくと宣言したのだ。それをいとも容易《たやす》く反故《ほご》にし戻ってきたうえに、あっという間に想い人のロスルド様と結婚してしまったことに腹を立てているのだ。

ロスルド様を幸せにしたいと思った。彼の幸せが私とともにあるのなら、こんなに喜ばしいことはないとも思った。

ただ、その裏で不幸になる人がいる。恋愛は誰しもが幸せになれるものではないのだと思った。

いや、私はとうに知っていたのに見ないフリをしていた。

「申し訳ありません」

謝罪は余計に火に油を注ぐことになるだろう。わかっていても、謝罪以外の何を口にすればいいのかわからない。

「謝罪など……!!」

案の定、怒りをあらわにするルサラ様。

「謝罪などいらないわ！　それよりも出ていきなさいと言ったでしょう!?　なのにどうして帰ってきたのよ！　ロスルドの立場を悪くするつもり!?」

「そんなつもりは毛頭ありません」

「じゃあどうしてよ！」

「お守りすると誓いました」

「……は？」

「私はロスルド様を守ると自分の心に誓いました。遠く離れてそうできるならそれでもよかったのですが……彼を幸せにしながら守る方法はこれしかないと思ったのです」

もし私の過去を誰かが知ったなら、私を迎え入れたロスルド様が悪く言われたなら遠くにいては守れない。矛盾だと言われても罵《ののし》られても私は近くで守ると誓ったのだ。

「ロスルド様を愛しているのです」

「……」

「そして彼も、私を愛していると言ってくださいました」

「……」

「私はもう逃げません」

逃げずに守る、戦う。自らの過去と、過《あやま》ちと。

「結局、ロスルドに何も話していないくせに」

「……ある程度はお話ししました」

「でもまだ隠しているでしょ？」

「……」

黙ることは肯定に等しい。そんな私をルサラ様はジロッと睨みつけ、そして書類の束をバサリと投げてきた。

「これは？」

「あなたの所業すべてを記したものよ」

「……」

「今頃、ロスルドも同じものを読んでるでしょうね」

「……そう、ですか……」

ペラペラとめくれば、そこにはすべてが書かれていた。

医者の買収。島流し先についての書類改ざん。悪党との取引。私とランディしか知らないはずの内容があった。

「彼はなんと？」

「さあ？　読みなさいと渡してすぐにこちらに来たから知らないわ。ただ彼はたしかに受け取って、一枚目をめくってたわよ」

「そうですか」

では……彼はきっと……

「出ていけと言ったのに。従わないからこんなことになるのよ」

「そうですね」

「すべてを手に入れようとして、逆にすべてを失った感想は？」

特に返事を期待するでもない問いなのだろう。私の返事を待たずに、ルサラ様は踵《きびす》を返す。ドアノブに手をかけるが、彼女はすぐには出ていこうとしなかった。

「許さないから」

「……？」

「あなただけ幸せになるなんて……絶対に許さない」

その言葉の意味することを理解できず首をかしげる私を振り返ることなく、ルサラ様は今度こそ出ていった。

再び静寂が訪れる。

バサリ、と書類の束を私は寝台の上に放り投げ、寝台の端に腰かける。部屋の外はとても静かで、なんの音も聞こえない。誰かが近づいてくる気配もない。

「ふう……」

ため息をひとつ零す。ああ、またか……と思った。また、私は一人なのか。

「私はまた、初夜を一人で過ごすことになるのね」

想い人を待ちながら、けれど来ないであろうと確信し一人寝台の上に座る。

複雑な胸中のまま、私はボーッと座り続けた。ぼんやりと、何を考えるでもなくそのまま過ごす。

こんな状態でも睡魔は訪れるのか。ずっと気を張っていたから、疲れが出たのかもしれない。腰かけたままウトウトしていたのだろう、ガクッと体が傾く。

「え……」

けれど、倒れないことに驚いて目を開けた。

「あ、起きた？」

倒れかけた私の頭は支えられていた。正確にはその人の肩にもたれかかっていた。

「……ロスルド様……？」

「うん。僕だよ」

信じられない。どうして彼がいるのだろう。これは夢なのだろうか。私は幻でも見ているのかと思って、確認のために手を伸ばした。そっと自分の手が彼の頬《ほほ》に触れる。

「温かい……」

「そりゃまあ生きてるから。どうしたんだい、幽霊でも見るような目をして」

それはそうだろう、私はまさに幻を見ているんじゃないかと思っているのだから。

きっと彼は来ないと思った。すべてを知った彼が来るはずはない。

軽蔑されて当然のことをした。それを後悔していない自分の醜《みにく》さを知っている。そしてそれを彼もまた知ったのだ。

結婚一日目にして、またもこの婚姻関係は破綻を迎えるのだと、そう覚悟していたというのに。

そこでふと、ひょっとして……という思いが浮かんだ。

ひょっとして彼もまたバジルのように言いに来たのだろうか？　私たちの関係は表面上だけのものとなると。それだけを言い置いて、出ていくつもりだろうか？

そこまで考えて、いや違う、と否定した。

バジルと同じようにするのならば、あまりに彼の目が優しすぎる。すべてを知ってなお、彼の目は私への愛に満ち溢れていた。泣きたくなるくらいに温かく、優しい光がある。

バジルとは違う。そう確信した私は、そっと体を離して正面から彼をまっすぐに見据えた。

「ロスルド様」

「うん？」

彼の愛は消えていない。だが確認はしておかなければ。聞いておかなければ。

「ルサラ様から渡された書類……お読みになりましたか？」

「いや。読まずに燃やしたよ」

読んでない？　彼は読まなかった？

「どうして……？」

まだ彼は知らないのだろうか？　真実を知らないのだろうか？　私の醜《みにく》さを知らないでいるから、こんなに愛を向けてくれるの？

「必要ないと判断したからだよ。それ以上の理由がいる？」

言葉を失う私に、ロスルド様はまたニコリと微笑んだ。

「キミから聞いた過去の話以外、僕には無意味だ。キミが必要だと思ったことだけを話してくれればいい。それ以外は知る必要ないんだ」

「……」

「だからこれは燃やしてしまおうね」

そう言って、彼は迷うことなく私のそばに落ちていた書類を手に取り、暖炉に放り投げた。ボッと炎が一瞬大きくなり、紙はあっという間に燃えて灰となった。

私が何か言う間もなく、あっという間にそれら一連の動きは終わる。

「これでいいんだよ」

ポツリとつぶやくロスルド様の声が耳に届いたのは直後のこと。

「……」

「これでいい。僕は何も知らない。知らないから……キミと幸せになれる」

その言葉のせいか、それともその瞳の奥に見え隠れする闇を見た気がしたからか。

理由はわからないが、私は確信した。

ロスルド様は間違いなく、書類を読んでいる。だからこそこの部屋に来るまでにずいぶん時間が経っていたのだ。

けれど、彼は読んでないと言った。読まずに燃やしたと言った。

……それが彼の愛なのだと今の私ならわかる。私の過去を知ってなお、ともにいたいと思ってくれる。

もし逆の立場だったなら、私も同じことをしただろう。読んでないと優しい嘘をついたに違いない。

かつては知らなかった愛というものを知った今ならわかる。この胸に広がる温かな気持ち……それこそがきっと無償の愛なのだろう。

「何があっても、どんなことがあっても……」

「アルビナ？」

「私はあなたとともにいます」

もう迷わない。疑うこともしない。

ロスルド様は何も知らないと言った、ならば私はそれを信じるまで。私もまた、彼が知っているということを知らないことにする。

それが果たして破滅を生むのか、幸せを運ぶのか、まだ私にはわからない。

ただわかるのは、優しく私の頬《ほほ》を撫でるその手には間違いなく愛があるということ。そして私も愛しいと感じているということ。

優しい瞳が私を射貫き、胸の鼓動はいよいよ大きくなる。恥ずかしくて逸らしたいのに、けれど目を離すことができない。彼の瞳に私が映るのがたまらなくうれしい。

ロスルド様が私を抱きしめる。その腕の優しさに泣きそうになった。

彼の心地よい声が、私の耳元で囁く。

「アルビナ、愛しているよ」

「私も……あなたを愛しています」

ギシリと寝台が音を立てて、私たちの体を受け止める。

全身に感じるロスルド様の重み。その温もりに溺《おぼ》れながら、私は幸せを感じていた。

そして幸せな初夜を過ごしたのだ――

＊＊＊

うらやましかったのよ、そう彼女は静かに語った。侯爵邸の庭で、私とルサラ様は二人きりで話をしていた。それを彼女が望んだから。

「私ね、隣国の王子のもとへ嫁ぐことが決まったの」

いつかそんな話が上がるのではないかと覚悟していた、そう言う彼女の表情は寂しげだ。

理解していても、感情が追いつかないことは多々ある。

ルサラ様の心残りはロスルド様だった。もし彼が自分を好いてくれたら。自分を結婚相手にと望んでくれたなら、そしたら――

けれどその願いは届かない。

「ロスルドにとって私は、いつまでも妹のような幼馴染でしかなかったの。どうして？　っていつも思っていた。けどあなたに会って、ロスルドがあなたを見ているのがわかって、合点《がてん》がいった気がするわ。……あなたと私ではあまりに違いすぎるもの」

寂し気な目をしながら、ふふ、とルサラ様は笑った。

「ああ悔しいわ。けれどここまでしても手に入らないのならもう……諦めるしかないのよね」

もしここで私が「申し訳ありません」などと言おうものなら、謝るなと怒られるだろう。言ってはいけないと呑み込む。

空を仰ぎ見ながら、目を細めてルサラ様は言った。

「あの調査結果はすべて処分したわ。原本も何も残ってない」

「……」

「情報源となったものもすべて、処理した。あなたの過去が明るみに出ることは永遠にないと安心して」

「処理……」

その意味は問わない。わかり切ったことを問うのは無意味だ。

「あなたの幼馴染……ランディだっけ？　彼、かなり詰めが甘いけど大丈夫なのかしらね？　あれで侯爵なんて務まるのかしら」

「それは……なんとも。ただ彼にはずいぶん世話になりました」

私はとっとと母国を出た。それは面倒ごとから逃げたも同然で、後始末など面倒なことはすべてランディに押しつけた形になる。そんな彼を批判する気は毛頭ない。そんな権利は私にはない。

ルサラ様は世話になったと口にする私を見てクスリと笑い、背を向けた。

「意地悪してごめんなさいね」

「え……そんな。意地悪だなんて」

ルサラ様はただロスルド様が心配だっただけだ。恋愛感情と同時に、幼馴染としての心配があったことは彼女を見ていてわかった。大切な人のそばに私のような危険人物がいるのは、不安で仕方ないことだろう。

それなのに彼女は謝罪してくれた。その気持ちの強さに、大きさに、私は尊敬の念すら抱く。

私も強くならねばならない。守られてばかりの人生は終わりだ。これからは大切な人たちのためにも強くなり、そして守ってみせる。何があっても。

「ありがとうございました」

だから私からは謝罪ではなく感謝の気持ちを、強い心を見せてくださったルサラ様に示そう。

まっすぐに彼女を見つめれば、彼女も見つめ返してくれた。

「それではごきげんよう」

フッとその目が細められ、そうひと言残して去っていった。その凛とした背中が見えなくなるまで、私はそこに立ち尽くして彼女を見送ったのだった。

風が吹いて木々が揺れる。冷たい風を肌で感じながらも、心の中に燃える炎を感じて、ギュッと手を握りしめた。

「アルビナ」

不意に背後から名を呼ばれる。声の主が誰かなんて見なくてもわかった。私は振り返り、ニコリと微笑んで名前を呼ぶ。

「なあに、ロスルド」

名を呼ばれるだけで心が温かくなる人。愛しい人に駆け寄るのだった。

エピローグ

そよそよと風を感じて私は目を覚ました。

ポカポカと心地よい陽の下で、いつの間にかウトウトしていたらしい。大木の下に大きく広げられた敷物の上、木にもたれてうたた寝をしていた私は肩からずれ落ちてしまったショールを慌ててかけ直した。

いけない、体を冷やしてしまった……今は私だけの体じゃないのだから……

そう反省して体を温めていると、呼ぶ声が聞こえた。

「――さま！」

声のしたほうを見ると、幼い子どもが駆けてくるのが見えた。まだあどけないその子は必死で走ってくるのだけれど、おぼつかない足取りにハラハラする。

「あ――!!」

案の定、子どもがつまずいて転びかけた。私は口に手を当てて叫ぶ。すぐに駆け寄れない自身を呪いかけたところで、転ぶ寸前にヒョイッと子どもを抱える手に安堵《あんど》する。

「危ないよ、シェリー。足元に気をつけて」

「おとうさま!!」

抱え上げられてからの肩車に、シェリーは大はしゃぎだ。ホッとして私はまた木にもたれかかった。

「おかあさま！　おかあさま!!」

下ろしてもらって、すぐにまた駆けてくるシェリー。

「シェリー、少し落ち着きなさい。危ないわよ」

私は頰《ほほ》を真っ赤にする娘に苦笑しながら声をかける。けれど興奮する子どもに、そんなものは意味がない。私の声が届いていないかのように、目を輝かせてシェリーは言った。

「あのね！　キレイなお花を見つけたの！　おかあさまにあげる！」

しょうがないなと苦笑しつつも、シェリーの目的が私なら怒ることもできない。自分でもわかるくらいに、笑みがフワッと口をついた。

「まあとても綺麗《きれい》ね。まるでシェリーの髪のよう」

そう言って、紫紺の花をシェリーの髪の横にかざす。

「えへへ〜」

可愛い可愛い私の娘はそう言って顔を赤らめる。

その紫紺の髪と瞳が、時に記憶を刺激する。一瞬胸がチクリと痛んだ気がして、けれどそんな感傷を打ち払うように私はそっと目を閉じた。瞼《まぶた》の奥に誰かの顔が見えて、そして消える。

目を開いた私は、不思議そうに見つめるシェリーにニコリと微笑みかけた。

「えへへ。ねえ、おかあさま、赤ちゃんは元気？」

「ええ。今日もとっても元気に動いているわよ」

パアッと顔を輝かせて、シェリーは私のお腹に耳をくっつける。

「ホント？　あ、けった！　ひどーい!!」

「ふふ、早くお姉ちゃんと遊びたくて仕方ないのね」

「そうなの？」

キョトンとして聞いてくるシェリーにうなずくと、また顔を明るくしてお腹に耳をつける。それを微笑ましく見ていると、隣に誰かが座る気配がした。

シェリーの父であり、私の旦那様であるロスルドだ。

「よいしょっと。子どもの体力は無限だね、ヘトヘトだよ」

「ふふ。お疲れ様」

「ま、この疲れがまた心地よいんだけど」

そう言って、ロスルドは私の額《ひたい》に軽く口づけを落とす。

愛する夫。愛してくれる夫。何よりも愛しい子どもたち。涙が出そうになるくらいの幸せに目がくらみそうだ。

かつて闇の中をさまよっていた日々が遠い遠い昔のよう。あのことを私はけっして忘れない。忘れてはいけない。罪はいつか償う日が来るだろう。

それを理解したうえで私は顔を上げて前を向いた。うつむくべきは今ではない。

「赤ちゃんが生まれて落ち着いたら、おじいちゃまたちに会いに行きましょうね」

私はそっとシェリーの頭を撫でながら告げる。

「ホント⁉　うわあ、楽しみ‼」

シェリーはパッと顔を上げて満面の笑みを浮かべる。その頬《ほほ》を撫で、大きくなってきたお腹をそっと撫でていたら、名前を呼ばれた。

「愛しているよ、アルビナ」

ロスルドがニコリと微笑む。

「私も愛しているわ」

微笑みを返すと、近づいてくる夫の顔。私は直後訪れる甘い口づけの予感に、そっと目を閉じる。閉じた瞼《まぶた》の奥に複数の人間の顔が浮かぶ。それは忘れるなと言っているように浮かんで消えた。

ええ、忘れないわ。忘れるわけないわ。

ここに至るまでの道のりはけっして平坦なものではなかった。楽なものではなかった。今こうして幸せだと思えるのは、けっして自分一人の力で成し得たものではないから。

＊＊＊

幸せな日々は続く。まるでそれは以前からあったかのように。けれどそれは当然ではなく、いつか終わりがくるのかもしれない。

それでもと、今だけはと私は幸せをかみしめる。

そよそよと心地よい風が吹く中で、私はいつものように大木にもたれていた。平穏で幸せな日々は、何年も同じように続いてきた。

私の手には紙束が握られている。それは遠い祖国からの複数の手紙だった。

ひとつは実家から。落ち着いたら会いにおいで、という優しい文。以前戻ったのは、たしか娘のシェリーが三歳になったころだったか。慣れない長旅に苦労したっけ。

そしてそれから早三年が過ぎた。もうシェリーは六歳だ。そして——

「おかーしゃま！」

突然の衝撃に驚いて目線を落とす。私の膝もとに圧《の》しかかってきた人物、愛しい我が子に私は目を細めた。

「グルト、声をかけてからにしてちょうだい。驚いたわ」

「えへへ～。ビッキュリした～？」

「ええ、ビックリしたわ」

まだ舌足らずでうまく話せないのが可愛い息子に、怒りもどこかへ飛んで行ってしまう。クスクス笑いながら、私はクセのある茶髪を撫でた。グルトは気持ちよさそうに目を細める。ふと、私の手元にある紙に気づいたようで、覗き込んで来た。当然読むことはできず、顔をしかめる。

「なによんでりゅの？」

「ん？　お手紙よ。お祖父様とお祖母様からのね」

「ぼくあっちゃことないよ」

「そうね。会いたい？」

「うん！」

元気よく手を挙げてうなずく様が微笑ましい。

「そうね、いつか行きましょうね」

「ずるーい！　私も行きたい！」

突如声が上がり、顔を上げれば怒ったような顔のシェリー。私の可愛い娘が拗《す》ねたように頬《ほほ》を膨らませながら抱きついてきた。

「お母さま！　私もおじいちゃまたちに会いたい！」

「もちろん、みんなで行きましょうね」

「ホント？　やったー！」

無邪気に笑う娘に笑顔を返すと、ロスルドが隣に座った。子ども二人の遊び相手をしていた彼は汗だくだ。

「冷たい果実ジュース、お飲みになりますか？」

「ああ、ありがとう。いただくよ」

返事を受けて、私はコップに注いでジュースを手渡すと、ロスルドはおいしそうに一気に飲み干す。子どもたちにもあげようと用意をしていると、彼がカサリと手紙の束に手を伸ばした。一番上は実家からの手紙。

「ご両親から？」

「ええ。暖かくなってきましたし、グルトも長旅に耐えられそうなら……一度行ってもいいですか？」

「もちろん」

ニコリと微笑んで、ロスルドは手紙を戻した。そして立ち上がる。

「二人とも、ジュースを飲んだらあと少し遊んで……そして帰ろうか」

「おとうさま、さっきピンクの花が咲いているところがあったでしょう？　あそこにもう一度行きたいわ！」

「ぼくはもういちどかたぐりゅまー！」

無邪気な二人の様子を目を細めて見る。

愛する存在に、私の心が温かくなる。大切な、大切な存在、愛する家族。愛する喜びを、愛される喜びを教えてくれた大切な人たち。今度こそ幸せになろう、幸せにしようと、そう思える存在に出会えたことがなにより幸せだと思う。

温かい気持ちに包まれたまま、私はチラリと手紙の束を見た。

そこには実家からの手紙とは別に、もうひとつ別の手紙がある。もちろん差出人が誰かはロスルドも知っているが、彼はあえて読もうとはしなかった。

三人が離れたところで、私はその手紙を手にした。紙がカサリと音を立てる。

『息子が産まれました』

それには、文章からも幸せそうな空気が感じられる内容が綴《つづ》られていた。

差出人はランディ侯爵。

あれから何年が過ぎたのだろう。彼とは一度も会っていないし、今後も会うことはないだろう。

実のところ、手紙が来たのも初めてだ。

これまで何があったか、どう過ごしていたか。短い手紙の中にはなんら書かれていなかった。長い暗闇を脱するきっかけとなったのが奥方の存在なのか、はたまたそれ以外なのかはわからない。

だが今、たしかに幸せであることをその手紙がすべて語っている。

彼は幸せを掴んだのだ。過程はわからないが結果が幸せであることを素直に喜びたい。

「よかった……」

何気なくつぶやいて、最後の一枚に目を通す。

『過去はすべてなくなりました』

そこにはひと言だけそうあった。

なくなった。

言いたいことがわかるようでわからない。だが、すべて終わったということだけは、わかった。

「そう」

つぶやいて空を仰ぎ見る。

「そう……」

もう一度つぶやく。

その瞬間、風が吹いて、私の手元から手紙を奪っていった。

私は飛んで行く手紙を追いかけることなくただ見やって、どこまでも続く空に目を細めた――

この作品に対する皆様のご意見・ご感想をお待ちしております。
おハガキ・お手紙は以下の宛先にお送りください。

【宛先】
〒150-6008 東京都渋谷区恵比寿 4-20-3 恵比寿ガーデンプレイスタワー 8F
（株）アルファポリス　書籍感想係

メールフォームでのご意見・ご感想は右のＱＲコードから、
あるいは以下のワードで検索をかけてください。

アルファポリス　書籍の感想　検索

ご感想はこちらから

本書は、「アルファポリス」（https://www.alphapolis.co.jp/）に掲載されていたものを
改稿、加筆のうえ、書籍化したものです。

愛《あい》されない花嫁《はなよめ》は初夜《しょや》を一人《ひとり》で過《す》ごす

リオール

2023年 11月 5日初版発行

編集－境田 陽・森 順子
編集長－倉持真理
発行者－梶本雄介
発行所－株式会社アルファポリス
〒150-6008 東京都渋谷区恵比寿4-20-3 恵比寿ガーデンプレイスタワー8F
TEL 03-6277-1601（営業） 03-6277-1602（編集）
URL https://www.alphapolis.co.jp/
発売元－株式会社星雲社（共同出版社・流通責任出版社）
〒112-0005 東京都文京区水道1-3-30
TEL 03-3868-3275
装丁・本文イラスト－あん穏
装丁デザイン－AFTERGLOW
（レーベルフォーマットデザイン―ansyyqdesign）
印刷－中央精版印刷株式会社

価格はカバーに表示されてあります。
落丁乱丁の場合はアルファポリスまでご連絡ください。
送料は小社負担でお取り替えします。

ISBN978-4-434-32839-8 C0093